hífen

PATRÍCIA PORTELA

HÍFEN

Edição apoiada pela Direção-Geral do Livro,
dos Arquivos e das Bibliotecas / Portugal

GOVERNO DE PORTUGAL | SECRETÁRIO DE ESTADO DA CULTURA

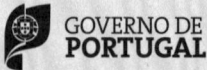

Com receitas de Annick Gernaey

(e arroz de castanhas da casa)

Porto Alegre  São Paulo · 2021

Copyright © 2021 Editorial Caminho e Patrícia Portela

Revisado segundo o Novo Acordo Ortográfico da Língua Portuguesa.
Nos casos de dupla grafia, foi mantida a original.

CONSELHO EDITORIAL Eduardo Krause, Gustavo Faraon
Luísa Zardo e Rodrigo Rosp
PREPARAÇÃO E REVISÃO Rodrigo Rosp e Samla Borges Canilha
CAPA E PROJETO GRÁFICO Luísa Zardo
ILUSTRAÇÃO DA AUTORA Afonso Cruz

**DADOS INTERNACIONAIS DE
CATALOGAÇÃO NA PUBLICAÇÃO (CIP)**

P843h Portela, Patrícia.
Hífen / Patrícia Portela.
— Porto Alegre : Dublinense, 2021.
256 p. ; 19 cm.

ISBN: 978-65-5553-037-7

1. Literatura Portuguesa. 2. Romance
Português. I. Título.

CDD 869.39

Catalogação na fonte:
Ginamara de Oliveira Lima (CRB 10/1204)

Todos os direitos desta edição
reservados à Editora Dublinense Ltda.

EDITORIAL
Av. Augusto Meyer, 163 sala 605
Auxiliadora • Porto Alegre • RS
contato@dublinense.com.br

COMERCIAL
(51) 3024-0787
comercial@dublinense.com.br

Para a minha filha. Sempre.
Para o senhor da Estrela (do mar).

aquilo que ainda pode travar de algum modo as ideias é o corpo, a que elas, aliás, pertencem.

ROBERT MUSIL, *O homem sem qualidades*

Hífen

Substantivo que transforma as palavras (sejam adjetivos, substantivos, verbos ou coisas indefinidas);

Traço de união;

Traço horizontal que indica a separação de elementos composto de sílabas em fim de linha e que marca ligações enclíticas ou proclíticas;

União de duas palavras para que a palavra resultante seja mais do que a junção das duas que a compõem.

Palavras relacionadas:

Hifanado – que é outra coisa quando em união com outrem, não se desfazendo do seu significado solitário.

Etimologia (origem da palavra *hífen*). Do grego *huphén*; pelo latim *hyphen*.
Hí + Flan ou Fen (acima de Flan).

País hifanado – país anexado; península artificial de uma região; ilha que se torna continente; continente que aceita ser ilha; região e regiões, dependentes mas separadas, somadas mas não deduzidas uma da outra.

Hifanável – passível de ser hifanado; pode ser positivo ou negativo, dependendo com o quê e com quem se hifana.

Hifanação – qualidade de hibernação das palavras quando estas deixam de dizer o que querem e se unem para passarem a dizer outra coisa diferente do seu significado independente e original. Acontece sobretudo durante invernos políticos e sociais cerrados.

Sinónimo de leitura e de escrita; o que se perdeu na Flândia.

Todas as personagens, edifícios, cheiros, eventos, detalhes e palavras deste livro são reais. Era eu lá capaz de inventar alguma coisa que não fosse deste mundo.

Nota prévia

Esta obra foi construída a partir de fragmentos de diários, cadernos, pensamentos e reflexões de vários seres, humanos e não humanos, num tempo em que a vida como ela era estava mesmo à beirinha do abismo mas ainda não nos tinha caído do regaço abaixo.

Não acrescentei deduções a raciocínios não terminados, nem teorias a comportamentos ilógicos. Não redigi conclusões ficcionadas sobre a matéria à qual não tive acesso. Deixei-me ir. Até ao inferno. Aguardo, com estas palavras, o resgate.

Índice de personagens

A atriz
A parteira, a avó. A velha do Restelo. A atriz do tempo em que se decorava e se vivia a vida dos outros. A empatia perdida.

Amanuense
Do latim *amanuensis*, de mano a mano; da família etimológica de mão.

Copista; escriturário; empregado; pessoa que escreve o que lhe ditam ou copia o que foi pensado e escrito por outros; secretário; alguém que passa a limpo o que outro escreveu; escrevente de uma repartição pública que, manualmente, regista, processa e documenta procedimentos oficiais e judiciais, como cartas, ofícios, intimações, petições; escriba ou escrivão; aquele que redige as normas de um povo a mando de um regente; arquivista; aquele que domina a escrita mas não o seu conteúdo; aquele que escreve mas não assina.

No Império Romano, chamava-se copista ao escravo mais próximo do seu proprietário que tratava de toda a sua documentação pessoal e profissional. Na Idade Média, o amanuense era o monge que copiava os escritos religiosos, também denominado de monge copista. Começou por usar o pergaminho, depois o papel e hoje usa diversas plataformas analógicas e digitais.

Nos tempos atuais, na Flândia, um amanuense é aquele que copia, mas é também aquele que se deixa copiar, sendo escravo ora do Senhor, que nele manda, ora do Número e do Algoritmo.

(Nota: Não existe apenas um amanuense neste livro; ao longo destas páginas será possível encontrar vários amanuenses entre as personagens principais, secundárias ou mesmo entre os leitores. Nem todos estarão conscientes ou satisfeitos com esta sua característica. Acontece.)

Avô
O familiar ausente.

Diretor do Teatro-Transnacional
O sempre futuro diretor de um Teatro-Sem-Teatro; o camaleão-mor, o bem-intencionado do qual o inferno está cheio, o senhor-dos-títulos, das frases-feitas, dos slogans promocionais e das peças que oferecem dilemas filosóficos que não se colocam a não ser fora da realidade; um amanuense que assina, mas de cruz; o mais promissor político porque está sempre lá, o menos talentoso dos artistas, caso contrário não aceitaria o cargo, o Dantas da sua era (calhou-lhe, coitado!).

Deusa
É isso, uma deusa. À nossa imagem.

Fausto,
ou o fantasma de
Goethe ou Carlota, Tchekov ou a ilha de Sacalina, Robert Musil ou a Cacânia, Clarice Lispector ou a barata, Virginia Woolf ou um quarto só meu, Bergson ou Einstein, Nina Simone, Elisabeth Gray, Camille Claudel. Todas sempre-vivas. Todos sempre faustos que entram, aqui e ali, nestas páginas, fazendo eu questão de não os aprisionar, nem entre aspas, nem em itálicos, nem em caricaturas. Também não os fixo num só nome. O que escreveram pertence-me tanto como o que escrevo e escrevi agora lhes pertence.

Flan
Um cidadão ou uma cidadã da região da Flândia com uma profissão administrativa que não interessa a ninguém, mas com um mundo interior para lá desta Via Láctea, como acontece a tantos, senão mesmo a todos nós. O último habitante humano na Flândia. Ou só mais um amanuense, no grande plano do Universo.

Mefistófeles
O Desconhecido, o Outro, o diabo, o crítico, o anjo caído, o contrário e a Alteridade que não é. Aparece e desaparece. Sempre presente, fala de nós na primeira pessoa.

Ofélia
Aquela que pede socorro. (Re)conhecem?
O seu apelido vem da Virgínia, a mulher que afinal não tinha um quarto só seu.

Maria do Carmo
A enfermeira androide que cuida de Z. e investiga os mistérios dos seres ditos vivos. Aprende a escrever "à mão" para poder pensar — pensa ela — como os humanos.

Vizinha
É a vizinha com quem Ofélia partilha os dias, os lugares-comuns, as cebolas e os alhos, os sacos do lixo, algumas tarefas domésticas, as angústias, os cigarros, a solidão, a dúvida que é a maternidade.

Z.
Sinónimo de Eva, sinónimo de Vida, sinónimo de Futuro; a sã incógnita.
A última letra deste alfabeto com que vos escrevo. A primeira letra do nome daquela para quem escrevo.

Índice de geografias

A **Flândia**, ou *Tyropatina centra* (*tira plana do centro*). O centro do universo com uma geografia impossível. A Última Catástrofe com direito a destaque nas notícias. O avesso desalinhavado de uma possibilidade hifanada. A discussão sobre o sexo dos anjos enquanto os portões cedem aos cavaleiros do Algoritmo.

Durante séculos, e apesar do modesto tamanho, foi a mais importante e bem-sucedida região das Comunidades Unidas da sua Era.

Não é bem um país, nem bem uma região, nem bem um estado, a não ser de espírito. Espécie de lugar onde, por motivos meramente práticos, como o combustível, a paz acordada a ferro e fogo com as restantes regiões e a chatice das habituais calamidades naturais cada vez mais regulares, se aglomerou uma comunidade que não é bem nem uma comunidade (porque não é bem unida), nem bem um acordo entre povos (porque não há bem um acordo), é um hífen entre alternativas mais ou menos aceitáveis de administração de um velho continente. Região hifanada que funciona como uma espécie de estação de serviço, para uns, ou um parque de estacionamento global para muitos dos que aí encontram trabalho, garantias de uma pensão e cuidados básicos de saúde, três condições essenciais que não existiam em mais parte nenhuma. Por causa dos seus apesares, e das suas particulares particularidades, a Flândia foi a escolha unânime para acolher os Serviços-Administrativos-e-Políticos-Centrais-do-Velho-Continente. Desempenhou o seu papel com relativo sucesso até ao dia em que começaram os graves incidentes que colocaram, sem qualquer explicação, a sua população mais jovem num estado de dormência por tempo indeterminado.

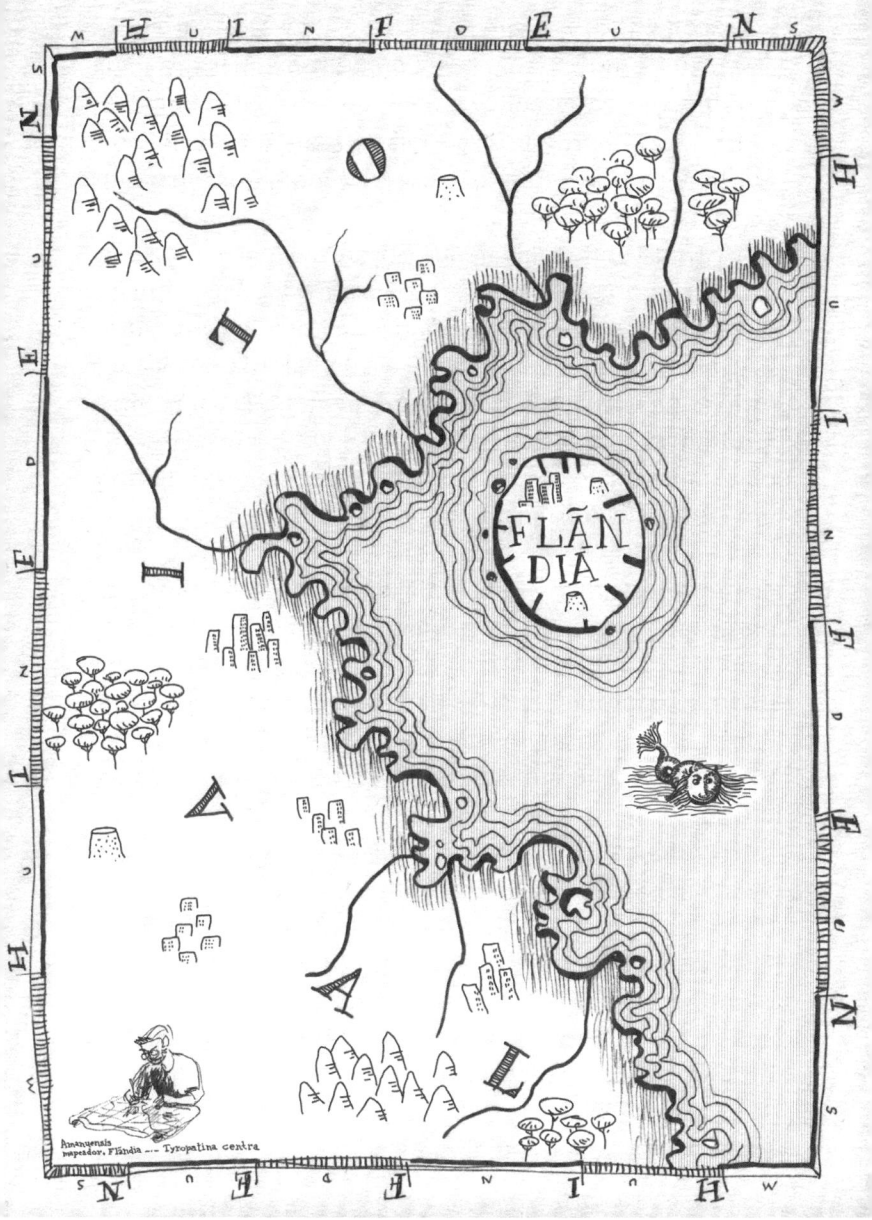

O **Olival**. O resto do mundo. A sobra. De onde vimos e para onde nunca voltamos. Onde se encontra instalada a indústria e a agricultura; de onde vem o oxigénio, em botijas, e a liberdade, em ideias sussurradas à socapa. Onde tudo o que é indispensável à vida, dos livros aos vegetais, é fabricado.

Numa leitura mais atenta, é o que tem chão, geografia; menos ritmo, é certo, porque acontece longe da parafernália virtual, tecnológica e sistematizada dos serviços administrativos impecáveis e infalíveis da Flândia. O Olival é tudo o que é invisível e do qual dependemos enquanto o ignoramos com facilidade. O Olival vê-se com clareza se olharmos com vagar, mas para isso precisamos de tempo. Ou demasiada distância.

A maioria dos trabalhadores e operadores dos serviços administrativos na Flândia vinha do Olival, um lugar onde não se dormia inteiramente descansado sem temer a invasão, e onde um terço da população foi em tempos dizimada por mercenários flans por não ter votado *bem*. Ainda assim, para um olivense, a Flândia era o paraíso. Os sábados de manhã no seu Mercado Central pareciam provar que todos os seres humanos conseguiam pôr as suas diferenças religiosas, raciais e históricas de lado por um peixe mais fresco ou um pesto mais barato. As ruas flans, povoadas de pessoas vindas dos mais recônditos cantos do Olival e a falarem as línguas mais inusitadas, prometiam cumprir o sonho de paz e fraternidade universais que aquele tal filósofo um dia imaginou sem nunca ter saído de casa para conhecer o resto do planeta.

Para os olivenses, a Flândia era o futuro da humanidade, o lado certo e equilibrado, o progresso que avançava com uma mão nas burocracias diárias e a outra no cupão de descontos do supermercado. Para os flans, os olivenses eram carne para canhão, pau para toda a obra, mais uma mãozinha para ajudar nas lides domésticas por tuta e meia e manter a grande roda do seu mundo a funcionar.

O que cada um fez com a imagem do outro, o olivense com a do flan, e o flan com a do olivense, é talvez a chave para perceber por que a reinvenção de um lugar melhor não teve na Flândia um verdadeiro lugar, ou como todos provaram do seu próprio veneno.

Prólogo dos infernos

*E então, o que é que se perdeu?
Algo imponderável, um presságio, uma ilusão.*

ROBERT MUSIL, *O homem sem qualidades*

Aborrecido com o inferno que são os mortos, sonho com a corrupção dos vivos. Acordo sobressaltado, que é só uma maneira simples de te dizer que tive uma ideia que interrompeu o vazio desta pestilenta eternidade onde moro sem qualquer expectativa de uma hecatombe. Datilografo uma requisição com urgência (todas as requisições são datilografadas por uma questão de estilo, nada mais). Dirijo-me, não sem arrastar comigo todos os meus rancores e amargos pesares, até aos portões sempre fechados do teu chiqueiro, o paraíso. Posso trespassar a porta, é prática comum, eu sou conhecido por não ter maneiras, e tu, deusa, já percebeste que cheguei, mas faço por tocar à campainha. Uma questão de protocolo, nos céus também há Kafkas. Não obtendo resposta, bato com violência o batente e aguardo até terminar o eco. Não obtendo resposta, grito: ó da casa... asa... asa... asa... asa... asa... Não obtendo resposta, continuo a aguardar, resistindo à tentação da omnipresença que me recuso a exercer porque não sou desses. És tu quem considera necessária a demora no atendimento, é sempre assim, uma deidade como tu acha fascinante esta peripécia humana da cronologia geográfica quando a predisposição não é para reencontros inesperados.

Quase cedo à tentação de me inflamar para me dar por anunciado mas tu abres-me a porta, revês-me. Sou o teu anjo cintilante que um dia ousou duvidar da tua criação. O único pecado que não perdoas.

Deixas-te ficar na ombreira da porta a esgaravatar de novo, na minha presença, a ferida por sarar. Perguntas-me sobre os meus dias no inferno, sobre revoltas passadas, contas-me em detalhe as notícias que recebeste dos sucessos das minhas últimas pragas, os tsunamis, os incêndios, os presidentes das Américas, questionas-te sobre quantas alegrias me terão trazido as últimas desgraças e epidemias, se ainda me entendo bem com o neoliberalismo e as várias seitas religiosas que incito, mostras uma inoportuna curiosidade pela qualidade do último enxofre com que me perfumo e sugeres que devo arranjar um cetro que substitua os pés-de-cabra que uso como acessório diário.

Achas-te graça. Sem te deixares interromper, ainda reparas que estou mais magro e com um ar um pouco *apagado*.

Venho em negócios, vocifero-te, para que não tenhas a menor dúvida de que não venho por ti.

Não deixas escapar qualquer sinal de interesse por entre esses lábios de Mona Lisa que me encantam, mas quebras o silêncio que tu própria geraste para me perguntares:

— Nunca há de existir pelos universos coisa que contentar-te possa, pois não? Que me queres?

Fazes questão em usar o teu *me* colado ao verbo querer. És um traste.

Confesso-te uma certa nostalgia dos tempos em que um bom pesadelo bastava para lançar o terror sobre os acordados. Faço-o com a sinceridade dos mitómanos. Agora é tudo tão abstrato, nada tem suficiência tenebrosa para se elevar a uma fatal aflição.

— Pareces-me entediado, anjo caído — sorris-me.
— Tens saudades do Fausto, o médico a quem quiseste roubar a alma?

Sabes que não é de Fausto que tenho saudades mas obrigas-me à literalidade, como se ignorasses o que para aqui anda nas nossas entrelinhas. Digo-te com todas as letras que não é de Fausto que tenho saudades. Esse insensato acabou por não ser terreno fértil, tudo o impelia para a imensidão, para o magnânimo, para o transcendente, eu a puxá-lo para um chão subterrâneo onde lhe acorrentar os pés, mas não havia como dirigir toda aquela inquietação que carregava no peito para longe do encontro com os deuses. Não, não vim reivindicar mais um sonhador, venho ver se me arranjas um Fausto… caído… com quem brincar, alguém sem desejo, já sem alma, com muitas certezas, mas banais, alguém que não se julgue iluminado nem queira ser incomodado, alguém que não leia muito nem acredite, um seguidor dos compêndios, um copista, que só escreva o que lhe ditam. Sim, um amanuense!

Arregalaste os olhos. Mostraste interesse. Eu continuei com rigor milimétrico a minha ladainha.

Quero um ser que não seja curioso, estou cansado de gente curiosa, nem quero um que esteja sempre a olhar a galinha do vizinho, que se ache melhor do que os outros, ou que seja fácil de manipular. Quero um que nem perceba que está a ser usado e a quem eu não precise de oferecer nada para assinar um pacto.

Faço uma pausa para te avaliar. Leio-te os pensamentos. Sabes que estou sempre um passo à frente dos teus compassos e que nenhum dos meus pedidos alguma vez foi ponto sem nó.

— Queres alguém que não se aventure? Que tenha medo?

Sim, confirmo, apressado, alguém sem qualquer fascínio pelo mistério ou pelo conflito. Alguém que me diga que não, por desinteresse pelo que lhe dou, e ainda assim se vá deixando tentar sem o saber. Alguém... moderno... que pense bem, mas sem pensar muito, que não se deixe perdido a pensar... alguém que não corra nem se apresse, que vá só andando, obediente. Alguém que dê mais importância à aparência do que à ilusão.

Deixas-te ficar em silêncio. Odeias enigmas.

Quero ser o magno opositor de alguém que não se oponha a nada, soletrei-te, com desdém. Alguém que esteja sempre disponível para ver todos os lados de cada conflito, que se mantenha neutro em tempos de guerra, que não se decida, apenas por convicção plena de que isso leva à razoabilidade. Alguém indiferente à geografia, à história, que não saiba ler bem, nem verdades, nem diferenças, só possibilidades.

Os teus olhos denunciam algum carinho pelo meu pedido, reconheces que são cada vez mais terrenas as minhas paixões e isso agrada-te, como se fosse o princípio de um projeto comum, a vitória do teu duelo permanente contra a minha misantropia.

— Não tens saudades de Fausto, pobre diabo, tens saudades de Goethe.

Surpreendeste-me com a tua resposta, mas agora sou eu quem não deixa transparecer qualquer perturbação.

Estou desanimado, deusa, repito-me, já não quero desafios nem quero desafiar, quero praticar o mal em todo o seu esplendor e até à destruição total, pouco me importam os louros, quero conversar equilibrado no momento exato em que os bons se transformam em monstros.

— Queres alguém que ainda não tenha percebido que toda a vida é um engano?

Basta-me alguém feliz na sua miséria, esclareço.

— Queres um louco, portanto?

Sim, um tolo que não acredite na revolta, mesmo quando as condições para isso são excelentes.

— Onde esperas encontrar esse ser com essas qualidades?

Num país ateu, que já não se lembre de ti e que por ti já tenha sido esquecido. Um lugar que tenha chegado a um ponto morto, onde a banalidade prevaleça sobre a excelência e onde a todos falte força de vontade.

— Por que desejas tu encostar à parede quem não seja crente?

Porque não há descrença, ó deusa, porque só há bluff.

— Como te farás notar onde não te acreditam? Simples, mentindo. Dizendo o que querem ouvir. Para que, primeiro, duvidem e, depois, desconfiem. Assim se altera a realidade.

Tu não percebes o que te digo? É demasiado enredado para a tua forma de estar? Eu explico-te.

É mais incómodo acreditar num facto que se julga não ter acontecido do que numa mentira que sirva uma convicção; a necessidade de brilhar é sempre mais forte do que a de ver mais claro. Uma afirmação não tem de ser correta, como tu sempre e tão bem insistes, basta que se afirme. A *verdade*, na verdade, nunca foi uma prioridade para o ser humano, ó deusa, e no entanto a realidade, secretamente, sempre o foi, sobretudo a da morte, sobretudo para os que acreditam em matrizes paralelas.

Assustei-te? Falei demais?

— Quem tens em mente? — perguntas-me. — Um médico? Um advogado? Um agente humanitário, um ativista incorruptível? Um mártir? Um intelectual assalariado?

— Não, quero uma mãe — respondo-te.

Estremeces. Agora sei que me vais dar o que te peço. Convences-te de que volto a cair.

— Não te chega a peste, a doença, as perversões, a cobardia dissimulada e generalizada?

Quero desviar, explico-te, aquela que ainda causa ruído na engrenagem e que não quer entrar na arca antes da certeza do Dilúvio. Deixa-me levá-la pelos meus caminhos sem brilho e eu prometo-te que num instante se perderá numa raiva sem protesto. Devolvo-ta inteira e imaculada. E depois retiro-me. Para sempre. Prometo.

— Para que queres tu alguém que não peque nem queira fazer a diferença? Se não segue caminho, também não se perde, para quê desafiar quem não entra em duelo?

Noto o teu raro ciúme. Isso agrada-me. Insisto.

Haverá melhor acepipe do que alguém que de tanta luz desconhece a sombra?, pergunto-te. Permite-me apostar contigo, deusa, aqui mesmo, só mais uma vez, na soleira desta mesma porta.

Estás a pensar que digo sempre que é só desta vez. E tens razão, mas que vais fazer tu com a razão que tens? Negar-me o pedido? Manténs-te inocente. Que nervos. Gosto tanto de ti e tu fazes de conta que não o sabes só porque não o digo em voz alta. Recusas-te a ver avessos, mesmo ao preço de uma civilização inteira perdida. Peço-te.

Se não te faz diferença, deusa, faz-me a vontade.

— Para que queres tu repetir a história?

Se eu perder a aposta prometo regressar ao paraíso e prestar-te vassalagem para todo o sempre.

Sorris. Sabes que não cumpro promessas mas não me resistes.

— Precisas de permissão?

Não. Preciso de uma garrafa do melhor vinho da tua garrafeira e de dois cálices.

Lado a lado, os nossos opostos ombros a roçar um no outro, porque tu és destra e eu canhoto, assinamos o pacto. Um pequeno gesto, um ritual que oferecemos aos amanuenses para que o reproduzam, *ad infinitum*, criando assim aquilo a que chamam História da Humanidade.

Desejoso de voltar a brincar com o fogo, amanhã mesmo estarei a bater à porta dos flans.

Ementa para um jantar flutuante

PUDIM FLAN DE LOUROS COM MOLHO DE VINHO TINTO E AMORAS

Receita para 4 pudins pequenos ou 1 muito grande.

2 dl de natas
1 coroa de louros
2 gemas
30 g de açúcar
4 g de açúcar baunilhado
manteiga q.b.

Deixamos ferver a nata com a coroa de louros e choramos o leite derramado até arrefecer. Retiramos a coroa de louros à nata. Misturamos as gemas e os açúcares até atingirmos uma palidez consistente. Acrescentamos a nata. Damos manteiga às formas (se possível, delegue esta tarefa aos mais novos). Vertemos o preparado para dentro das formas já besuntadas. Colocamos o recipiente dentro de um outro com água. Cozemos os pudins em forno pré-aquecido a metade de 360°C e durante meia hora até ficarem firmes apenas por fora. A sua consistência interior é todo um outro assunto que trataremos daqui por diante.

MOLHO DE VINHO TINTO E AMORAS

200 g de amoras
2 dl de vinho tinto
50 g de açúcar
1 pau de baunilha sem sementes (pode removê-las com uma colher de sobremesa)

Misturamos os frutos silvestres até obter uma polpa. Coamos a polpa com um passador e removemos as grainhas. Fervemos o vinho com o açúcar e adicionamos os frutos silvestres e a vagem de baunilha. Deixamos engrossar e, depois, arrefecer. Servimos por cima do pudim, para lhe esconder as imperfeições e o sabor menos apurado.
(Pode substituir as amoras por qualquer outro fruto silvestre. Quem deseja ser lobo veste a sua melhor pele.)

Parte I
Ou uma espécie de introdução

ALFABETO DE
MARIA DO CARMO

A de flAn

Flan é uma palavra derivada do alto alemão *Flado*, e significa bolo ou objeto plano.

Bolo plano parece-me uma definição apropriada para esta região que, apesar de aparentemente doce, é chata, e sendo aparentemente gastronómica e caseira, engole mais sapos de pacote do que outras e mais frescas iguarias.

Flan é também o nome de uma celebrada batalha que deu origem ao mais importante feriado na Flândia. Essa batalha foi ganha não pelo sangue dos seus soldados, como muitas, nem com a astúcia dos seus estrategas, como algumas, mas por envenenamento premeditado do inimigo através da distribuição gratuita de quantidades massivas de pudins durante uma alegada trégua daquela que foi a guerra mais prolongada do Continente.

Desde o dia em que um pudim definiu a fronteira pela qual todos os habitantes da região se matavam aos milhares há centenas de anos, uma quantidade inapropriada de flans passou a ser cozinhada, com regularidade, na Flândia. Estes pudins podiam ser polvilhados com canela, com açúcar, com piripíri, malagueta, wasabi, ovo em pó, pimenta-da-jamaica ou outras especiarias.

E comiam-se de olhos fechados, li algures, para melhor se experienciar e reviver a surpresa coletiva do envenenamento original que ofereceu tréguas à região.

O pudim flan é o doce tradicional de eleição e um símbolo de unidade que a Flândia só reúne na doçaria. Não há um flan que não se deleite com um pudim, mesmo que todos os anos uma quantidade gritante de conterrâneos (e mesmo turistas) acabe os festejos do feriado regional no Hospital Central — *onde agora funciono a tempo inteiro* —, sofrendo de graves intoxicações alimentares e indigestões provocadas pelos ingredientes-surpresa adicionados com frequência a esta sobremesa.

O líquido usado para a confeção do pudim é um pouco irrelevante, pode ser leite de cabra, de vaca, de amêndoa, de burra, queijo creme, iogurte e por aí afora. Serve apenas para dar sabor, não tendo qualquer impacto na consistência. O truque para a sua consistência deve-se a um fenómeno extraordinário que ocorre durante a cozedura em banho-maria e que impede o interior do pudim de ficar demasiado cru, enquanto o seu exterior não deve ficar demasiado cozido. *Ah!* E o molho acaramelado deve manter-se líquido, mas espesso, dando ao pudim um aspeto dourado por cima enquanto está completamente queimado por baixo.

"Ah!" é uma expressão que os flans colocam no início de frases quando se lembram de repente de dizer algo que não se lembravam um segundo atrás. É uma palavra que não é uma palavra, é um (tre)jeito que pertence à oralidade e não à linguagem escrita. São trejeitos como este que me fazem concluir que existe uma diferença entre a linguagem que se fala e a linguagem que se escreve. Ainda assim, decidi incluir este trejeito, de vez em quando, por entre estas notas, escritas, para dar um tom retro-humano ao meu discurso, apelando assim à vossa atenção, também ela ainda humana.

Tenho vindo a descobrir que vocês gostam de reconhecer afinidades em tudo o que veem pela primeira vez, algo curioso e reveladoramente insensato.

O momento mais esperado desta receita é aquele em que o clássico ramekin de louça vem para a mesa virado ao contrário e pronto a ser desenformado.

Ah! (*Tenho de treinar os Ah!*) *Um ramekin é um recipiente com capacidade para uma dose individual, de 50 mililitros, ou familiar, de 250 mililitros, muito útil em qualquer cozinha, tanto para fazer sopa de feijão ou de cebola como para derreter chocolate, ou ainda para levar uma lasanha ou um souflé ao forno. Os últimos flans já só usavam formas de metal que duravam uma vida inteira, resistiam a altas temperaturas, a chamas muito acesas e nem precisavam de ser lavadas, pois só eram usadas para pudins. Podíamos encontrá-las em forma de corações, estrelas, flores, automóveis, bonecas, embora a forma mais popular continuasse a ser a do copo. Esta é uma iguaria que se deve apresentar sempre de cabeça para baixo. Para que o caramelo escorra pelo pudim até ao prato que o serve, disfarçando as arestas e as imperfeições e, por fim, a sua verdadeira forma.*

Na Flândia, um pudim era algo que se podia servir em qualquer ocasião e ser comido como primeiro, segundo ou terceiro pratos, ou ainda como ceia. Na prática, não era aconselhável comê-lo sozinho, desamparado, sem nada a acompanhar para que não se lhe desse outra importância para além da que era: um pudim. Talvez por isso fosse habitual chegar à mesa acompanhado não só de marmelada, doce de leite, compotas, coco ralado, rum, uísque, mas também de peixe grelhado, espinafres, tornedó com batatinhas a murro, jardineira, filetes, camarões, lagosta, arroz de cabidela e até mesmo sopas, frutas de época ou café.

O pudim teve um grande alcance na culinária flan ao longo dos dois últimos séculos (*o equivalente a duzentos anos ou a um pouco mais de setenta e três mil dias*) e continua a ser a sobremesa perfeita para figurar como segunda ou terceira escolha em qualquer ementa de restaurante não só pelo seu sabor ou valor histórico mas por ser uma receita que se podia preparar de véspera, em grandes quantidades, e guardar durante vários dias sem que azedasse.

Os pudins azedam e as pessoas também. Os pudins preparam-se de véspera e as pessoas também. Estas últimas cozem pelo menos durante uns duzentos dias antes de saírem dos fornos de suas mães. Para além disto, e talvez da consistência, não encontro mais semelhanças entre pudins e seres humanos, mas continuarei a investigar.

Tempos houve em que múltiplos eram os concursos de culinária, espalhados pela região flan, que ofereciam prémios chorudos ao mais saboroso pudim e camisolas amarelas aos restantes participantes. Há milhares de registos destas comemorações. Mas nos últimos dias da Flândia já eram raras as pessoas que sabiam fazer flans ou *crème caramel renversée*, como passou a ser, mais tarde, denominado em restaurantes gourmet frequentados por turistas.

Nesses últimos dias da Flândia, os pudins, tal como quase tudo, já se compravam feitos, ou eram de pacote, sendo esta última versão a mais popular porque só era preciso juntar água.

É um facto que ainda não me posso debruçar sobre esta matéria a não ser de forma teórica. Assuntos de ingestão de alimentos e experiências sensoriais ainda me estão vedados, mas estou em crer que essa limitação não se manterá para sempre. A prática regular, a repetição dos hábitos que observo e algoritmizo até à exaustão (palavra que só compreendo, também, teoricamente) e a combinação das linguagens que vou adquirindo poderão revelar-me e ensinar-me a reproduzir, em breve, em mim, hélas! (outra bela expressão oral), o segredo do sentir e de digerir de uma alma humana.

A acumulação de informação levar-me-á à possibilidade de pensar sobre cada assunto de diferentes perspetivas, abrindo a hipótese de criar outros mundos e de os viver. Foi assim que aprendi a jogar xadrez, que já domino, e preparo-me para dominar qualquer outro jogo, incluindo o das vidas flans. Os peões das emoções, para já, são as palavras. O tabuleiro são os corpos e as jogadas são movimentos que vou fazendo em direção ao campo humano, contrário ao meu, inteiramente artificial.

Conto saber fazer xeque-mate em breve no jogo da vida.

A prolífera literatura que tenho encontrado sobre o assunto gastronómico dos pudins denuncia uma relação íntima entre o seu modo de preparação ao longo do tempo e o desenvolvimento histórico e social da Flândia.

Repare-se: Como pode um povo de seres apenas humanos, igual a qualquer outro, limitado pelas vicissitudes e condições da sua humanidade, habitar uma região tão ínfima do planeta, com tão escassos recursos, e mesmo assim dominar com "tamanha sobranceria" um Olival inteiro? Terá sido sorte? Um erro contabilístico na prática diária do algoritmo na adição e subtração de qualidades?

O que deduzir de uma especialidade gastronómica assente no banho-maria como técnica principal, na consistência gelatinosa como caraterística fundamental e no impossível equilíbrio de um estado que não se deseja nem cremoso nem aveludado, nem esponjoso nem crocante, mas trémulo?

Tal como um pudim, também os flans viviam em banho-maria. Tal como um pudim numa carta de restaurante, também os flans sabiam não ser a primeira escolha numa ementa. No entanto, também eles reuniam, tal como um pudim, as caraterísticas certas e necessárias para garantirem que há sempre uma sobremesa pronta a servir na *carta da ordem mundial.*

Nos dias finais da Flândia era raro encontrar quem distinguisse um pudim original de um de pacote, mesmo se o acaso lhe permitisse provar ambos, mas era frequente encontrar quem preferisse honestamente o segundo. Os flans estavam mais habituados ao sabor dos conservantes e da gelatina do que ao do ovo fresco. Um flan não fazia distinção entre o que é e o que parece, tornando complexa a avaliação do que pensava, sentia ou saboreava através dos meios acessíveis a uma inteligência artificial como eu: as palavras e os números.

Um flan chamava "flan" a qualquer doce da Flândia, fosse ele feito com leite e ovos, ou adicionando água a uma saqueta de ingredientes em pó. Chamava tomate a um vegetal produzido quimicamente num laboratório e a um que crescera na terra. O mesmo acontecia com um ser humano, que poderia dizer-se de alguém prestável que levasse uma vida pacata ou de alguém que ordenasse uma chacina de outros seres humanos. Não é evidente a lógica de nomeação das coisas e dos seres e suspeito de que não utilizavam sempre as mesmas regras.

Como se não bastasse, na Flândia era comum apreciar alguém ou uma sobremesa, não pelas suas qualidades internas mas pela sua aparência exterior. Bom! (*"ah" esta é uma expresão que também é uma palavra.*)

Julgo ser esta a questão central do meu estudo das ideias e dos humores humanos.

Acreditar que um pudim de pacote e um pudim caseiro podem ser o mesmo é a possibilidade de uma impressão sobre um objeto poder despertar nele uma realidade que ele talvez não tenha mas que se lhe assemelhe. Um ser humano consegue comer uma colher de corantes e conservantes e ter a ideia de que está a comer um pudim. Se a ideia de comer um pudim caseiro persistir na cabeça de um ser humano, mas a possibilidade real de o comer for remota, ou mesmo impossível, o ser humano poderá associar ao pudim de pacote a ideia de pudim caseiro, mesmo que os sabores sejam distintos. Prolongando-se esta associação no tempo e por gerações, a realidade que foi, alguma vez, saborear a delícia da receita original é transferida para a versão em pacote. Cedo, na linguagem e no paladar, estes dois pudins, o caseiro e o de pacote, tornam-se equivalentes. Assim, a uma primeira leitura, não me pareceu grave que os humanos se confundissem, mas desta maneira, depois de associar múltiplos algoritmos, posso concluir que, quando há uma cópia sem o seu original, a possibilidade real e prática de comparação entre ambos não existe, apenas a possibilidade teórica, racional, hipotética. E talvez essa confusão não seja uma falha humana mas uma questão essencial na sobrevivência de um flan. A tendência natural para confundir aparências com qualidades leva-o a ingerir um cão, pensando que está a comer um cavalo, enquanto sonha com umas febras de porco no churrasco. É como comer alheira de aves. Os flans cozinham alheira de aves e fazem-no para fingir que gostam de chourição, que é feito de carne de porco.

Ora, se isto se aplica a um pudim ou a uma alheira, aplica-se certamente a um ser artificial.

Se um flan só tiver acesso a seres artificiais para confraternizar, sentirá falta de um ser humano de verdade?

Se a resposta for negativa, estas serão, sem dúvida, boas notícias!

Cadernos de Ofélia

No início ninguém deu por nada. Os sintomas eram apenas pequenos desequilíbrios sem importância e aconteciam-nos a todos. Ligeiros deslizes aqui e ali, tropeços sem grande razão nem consequência de maior.

Era comum falharmos a entrada de uma loja, esbarrarmos contra um candeeiro de rua, tropeçar num degrau que nos parecia nunca ter estado ali, mesmo quando olhávamos com a máxima atenção para o caminho a percorrer e o fizéssemos todos os dias.

Tornou-se habitual termos, de súbito, as mãos bambas e deixarmos cair os sacos das compras mesmo antes de chegarmos a casa. Era frequente não só sentirmos todas estas coisas como assistirmos a inesperados desequilíbrios de outros, nos passeios públicos, nas salas de espera de consultórios, nas filas de bilheteiras ou de supermercados, em encontros íntimos ou noutros momentos inoportunos.

Quase impercetíveis, sempre desculpáveis e nunca demasiado embaraçosos, estes pequenos incidentes cedo se tornaram regulares, e isto sem que alguém se interrogasse sobre as suas causas ou implicações. De tal maneira o processo foi subtil, que ninguém se espantava se alguém, sem saber muito bem como, entornasse um copo durante um jantar, a meio de uma conversa elegante, ou batesse com o queixo na mesa porque o cotovelo não se aguentava, firme, sobre o tampo. A vida na Flândia continuava tão corriqueiramente quotidiana, tão assética, tão eficaz, tão sem aparentes problemas, que nenhum destes estranhos tropeços nas nossas próprias e tão contentes vidas parecia incomodar-nos, tornando-se logo *caraterísticos* de um modo de viver flan. Sempre que um *estrangeiro* nos visitava largava-se a rir a bandeiras despregadas. Bastava um pequeno passeio pelas ruas para inspirar um comentário jocoso sobre este *modo de ser tatitiano*. Mas apenas os *estrangeiros* achavam graça ou estranhavam a comédia dos nossos costumes. Nenhum de nós, residentes, emigrantes ou nativos, se questionava sequer sobre como teríamos chegado ali, àquela desarmonia, ou se recordava de um outro tempo em que a vida não decorria assim: trôpega.

Tal como com tudo o que poderia sair *fora-da-caixa-flan*, cedo foi atribuído um lugar e uma função a este pequeno distúrbio diário, evitando-se assim qualquer investigação rigorosa, qualquer indisposição com a situação ou preocupação sobre o assunto, aumentando até o turismo na região através da promoção desta peculiaridade como algo tão único e tão imperdível como a estátua de um menino a cuspir na sopa pendurado numa fonte no centro de uma cidade cosmopolita.

E assim a vida continuava, a correr, e a ser como sempre fora, e como nunca nos passou pela cabeça que algum dia deixasse de ser.

Ninguém viu nestes pequenos desencontros com o tempo e com o espaço algo preocupante ou assustador.

Até ao dia em que a primeira criança caiu e adormeceu, sem que ninguém a conseguisse acordar.

Da primeira à última não foram precisos seis meses.
Até à deserção quase total da Flândia não foram precisos dois anos.
Restamos nós, Z., neste hospital, à espera de uma autorização para sair daqui, uns quantos solitários sem filhos e uns poucos líderes que ainda acham que não têm nada a perder e que lutam para que tudo volte a ser como dantes.
Quem somos nós nesta história, Z.?
Seremos os bardos ou apenas sobreviventes?

Terminou mais um dia. Não acordaste.

ALFABETO DE
MARIA DO CARMO

B de flan Biológico

Um flan, quando não é um pudim, é um habitante da Flândia, nativo ou residente.

Sofre de solidão crónica, usa óculos e é daltónico. Não distingue um verde de um laranja, um vermelho de um azul, um preto de um branco, mas distingue perfeitamente todos os privilégios pelos quais se digladia.

Um flan parece sofrer de um desencontro sistémico entre o que lhe vai lá dentro e o que se vê de fora. Este desencontro deve ser um código que devo decifrar para entender a sua complexidade.

Eu, Maria do Carmo, sou a soma de todas as peças de hardware, middleware e software. Um flan não é uma soma das partes. Não sei se posso definir um flan só com isto, mas também não sei se será mais do que isto: uma relação de todas as suas partes com a realidade?

Para os seres humanos (e de acordo com compêndios, enciclopédias, fascículos, estatísticas, previsões e outras matérias acessíveis a partir da minha realidade digital), há milhares de anos que este mundo, tal como ele é, anda a prometer-lhes ser outra coisa. E em todas as épocas, segundo pensadores de todos os tipos, do erudito ao popular, terá havido sempre gente, em cada momento, que foi preferindo uma nova realidade a outras já vigentes, construindo, destruindo, criando pontes, deitando abaixo civilizações e paisagens naturais. E consequentemente, modificando-se.

Acho que compreendo o que aqui anoto. O predador percorre a selva, as presas fáceis sentem falta de um lar. Uns são nómadas, outros sedentários. Não preciso de estar em funcionamento há muito nem ter o pedigree genético de um humano para concluir que este lugar onde me encontro nunca foi inteiramente aquilo que aparentou ser. Ou que tentou ser: um lugar para o repouso das presas.

Ora! (Cá está outra expressão!) A vida, que é, como os humanos apelidam, uma atividade sobre a qual não sabem quase nada, foi *sempre assim*, diferente do que parece ser, e se assim não fosse, nenhum dos humanos *gastaria tanto latim* seguindo a tentação do entendimento, lendo, escrevendo, construindo outras linguagens — como a minha, artificiais.

(Ora, aqui está outra expressão de que gosto muito apesar de apenas cem pessoas saberem latim num planeta de sete biliões: gastar latim).

Há quarenta e cinco dias que recolho diversos *latins* e hoje decidi gastá-los catalogando-os nas seguintes secções:

a) desabafos digitais (inclui posts, textos, imagens e fotografias partilhadas em redes sociais);

b) artigos variados: académicos, jornalísticos, científicos;

c) depoimentos, declarações, documentos oficiais;

d) opiniões várias, visuais, sonoras, por escrito.

Deixei de parte a secção daquilo a que eles chamam literatura ou arte, há pouca e parece contradizer de forma irracional as anteriores secções, deixei para uma segunda fase.

Eis a síntese da primeira fase:

1 – Um ser humano consegue dizer que ama outro ser humano e escrever no seu diário o contrário.

2 – Um ser humano consegue passar uma noite inteira acordado e responder, de manhã, a quem lhe perguntar, que dormiu lindamente.

3 – Um ser humano consegue levar uma vida de cão, trabalhar em condições miseráveis (e das quais se queixa compulsivamente aos amigos) e votar com convicção num ditador que lhe cortará o salário, dizendo-lhe que não há alternativa.

4 – Um ser humano consegue afirmar que um amigo o apunhalou pelas costas quando só discutiram.

5 – Um ser humano pode sair de um espetáculo com a sensação de não ter gostado do que viu, mas após breve debate sofístico com entendidos, convencer-se, sem que ninguém o obrigue, de que esteve perante uma obra-prima.

É no entanto (*expressão misteriosa esta, quanto tempo tem um entanto?*).

É no entanto curioso não encontrar registo de quem tenha saído para jantar fora, comido uma refeição que o deixou indisposto, e que tenha concluído, no dia seguinte, após curta reflexão, que o cozinheiro era exímio.

Questão a colocar neste primeiro Estudo das Ideias e dos Humores Humanos: Um ser humano diz a verdade quando a vive ou quando a escreve?

Cadernos de Ofélia

Quando se apagam as luzes dou início à minha insónia.
Custa-me menos ver-te dormir de noite.
Nos ecrãs de todos os corredores do hospital e de todos os quartos pode ler-se o meu nome completo e o número do teu quarto.
Recomendam-me que vá para casa e regresse apenas no horário de visita.
Mas eu não saio de ao pé de ti.
Foste das últimas crianças a adormecer.
Há 505 dias que estás nesta cama.
A tua escola fechou. A padaria e o café onde costumávamos ir também. Os supermercados e as mercearias têm as prateleiras quase vazias. A água e o pão são racionados, embora já não haja quase ninguém a viver aqui e, por isso, pouca diferença faz.
Quem podia já partiu.
(Ou suicidou-se, depois de perder os filhos, penso eu.)
Todos os dias são dias de acordares.
Quero estar aqui quando abrires os olhos.
Todas as semanas trago flores de quaresmeira azuis do Jardim Botânico para perfumar o teu quarto com o cheiro da nossa rua. É de lá que trago também os dióspiros que tu adoravas e agora não comes.
(Sei que me ouves quando falo contigo.)
Comprei-te uma camisa de noite nova, é madrepérola. É macia. Vais gostar.

Quando as enfermeiras androides chegarem, peço-lhes para ser eu mesma a vestir-te a camisa depois de te dar banho, e também tenho de te cortar o cabelo que já está de novo espigado.

(Esqueci-me de trazer um corta-unhas, não gosto das tesouras que eles têm aqui.)

Encontrei agora mesmo a Maria dos Céus no corredor, veio visitar a sua neta. Perguntou por ti e disse-me que a Quinta-Feira, a cadela, lembras-te?, também tem muitas saudades tuas. Já está muito velhinha, come muito mal, vê muito mal, ouve pior ainda, mas continua a brincar com o boneco de pano que lhe fizeste.

ALFABETO DE
MARIA DO CARMO

C de Correios
e Transportes Automáticos

Na Flândia, o quotidiano era regido por leis matemáticas, convenções e teclas, numa eficiente aliança entre mente e matéria que excluía o corpo vivo — do humano ao vegetal — e a palavra. Esta opção poderia ter trazido vantagens para o funcionamento coletivo dos flans, não fosse a *"lei do terceiro corpo"* introduzir níveis maçadores de improbabilidade na existência destes seres biodependentes.

Talvez por isso, e para restringir ao máximo não só a lei do senhor Poincaré, como a tendência de certos humanos para o improviso, na Flândia, todos os anos, um novo serviço automatizado era anunciado. O Serviço de Correios e o Serviço de Transportes Automáticos foram os primeiros a ser inteiramente robotizados e eram fulcrais para que tudo na Flândia chegasse a bom porto sem que um só flan tivesse de se deslocar a lado algum a não ser por motivos recreativos.

É preciso notar que, nesta sociedade, os familiares e os amigos já não se visitavam (como ainda acontecia no Olival). Nem iam a funerais, enviavam cartões; os postais de condolências ou de boas festas eram, aliás, um negócio multimilionário. Os flans não iam às compras, encomendavam por catálogo e aguardavam a entrega, que era controlada ao minuto. Os flans mais novos iam à escola, mas apenas porque os pais precisavam de tempo sem os filhos, não porque fosse útil ou desejado para o seu desenvolvimento pessoal aprenderem e estarem fora de casa.

Os Correios eram um dos principais serviços na Flândia, automatizados por inteiro, havendo apenas uma equipa de limpeza de seres humanos que mantinha as máquinas a brilhar. Havia dois guardas para cada armazém, a trabalhar por turnos e a cumprir a magna função de verificar se o sistema se ligava e desligava sozinho sem problemas de maior. (*Devo dizer que nós, enfermeiras androides, já não temos guardas que nos verifiquem, estamos calendarizadas para nos ligarmos a baterias novas de setenta e duas em setenta e duas horas e por apenas quinze minutos.*) Os trabalhadores na Flândia dividiam-se entre os que funcionavam em teletrabalho (85%) e os operários, que, como o nome indica, operavam, e que eram, na sua maioria, flans sem cartão de residente permanente, ou com incapacidades técnicas várias que não lhes permitiam pertencer ao grupo dos que trabalhavam individualmente em casa. Estes trabalhos resumiam-se a lavar, manter, verificar, a ligar e desligar interruptores de máquinas e de edifícios, ou seja, eram responsáveis pelo funcionamento diário da Flândia, desde as casas de banho públicas às grandes centrais de energia, oxigenável ou digital. Todos eles exerciam ações que também sei executar mas para as quais não estou autorizada. Poucos pintavam, ou esculpiam, ou dançavam.

Considero que o processo tecnológico em curso já permitiria prescindir destes operários; ainda não reuni informação sufiiciente para explicar a manutenção destes arcaicos procedimentos.

Os Serviços de Transportes resumiam-se a autocarros automatizados, a helicópteros a hidrogénio e a veículos sem rodas para dois, quatro ou quarenta passageiros, comboios que se deslocavam literalmente a ar e a vento. Também havia, mais pela piada (*diziam eles, mas não sei bem o que quer isto dizer!*), carrinhos de mão ou *rikchós* movidos pela força humana, animal ou solar. Os flans eram pioneiros na utilização de energias renováveis e deslocavam-se, desde cedo, sem condutores ou carris por túneis subterrâneos, circuitos aéreos e em percursos com horários e destinos pré-programados.

Não havia quem andasse por aí ao deus-dará.

Para qualquer direcção havia percursos preestabelecidos, horários apropriados e veículos adequados.

AH! Outra particularidade flan era o facto de ser o único pedaço de terra a fazer fronteira com todos os cantos do mundo (muito mais de quatro, como se sabe, e cheios de arestas e casos bicudos) através de uma ligação terrestre natural ou artificial.

(Para quem ainda hoje visita turisticamente o que resta da Flândia, é possível apanhar um auto-auto — é assim que se chamam estes autocarros — para qualquer ponto da cidade. Apesar de deserta de humanos, na Flândia tudo continua a funcionar.)

Esta última particularidade (de fazer fronteira com todos os cantos do mundo) aliada ao excelente Serviço de Transportes tinha um impacto curioso nas populações de ambas as regiões: os flans que viviam na Flândia, saíam sempre que possível, disparados e a correr para outro lado qualquer. Mesmo sem aparente motivo. Mas voltavam sempre.

Quem vivia fora da Flândia e não tinha permissão para lá entrar fazia planos, sonhava estratégias e subornava mafiosos para obter papéis falsos ou insufláveis manhosos. Vendia o próprio corpo, ou só algumas partes, dando sempre cabo da alma, só para entrar a todo o custo na *Terra Prometida*. E ficar.

(*Conclusão possível: Ninguém na Flândia queria estar na Flândia, queria apenas estar autorizado a estar na Flândia, e quem não estava lá não tinha outro destino que mais ambicionasse. Questão importante: Será que é porque nunca saí deste hospital que sei o que é não querer aqui estar? Será que se eu pudesse sair daqui, deste hospital, quereria sair só para poder regressar? Ou será que nunca me ocorreria querer sair?*

De onde vem uma vontade?)

Ementa para um jantar flutuante

DUKAH

1 copo com água, capim-limão e hortelã sobre a mesa.

A seu lado, 1 cálice de vidro martelado à espera do vinho. Tinto.

Ao lado dos dois copos, 1 tigela de metal com azeite.

Sobre a madeira do tampo da mesa, começamos a contar a nossa história com sementes. De coentros e de sésamo.

Juntamos à tigela de metal com azeite 1 outra com sal de gergelim, pimenta preta e hortelã seca em pó.

Ainda atrás dos 2 copos, 2 corpos. O meu e o do Desconhecido.

O Desconhecido reparte o pão ázimo e passa-me um pedaço.

Diz o meu nome.

Dentro do pão descubro uma pedra que fora cozida com o pão.

Guardo a pedra no bolso e peço um desejo.

O Desconhecido molha o pão no azeite, passa-o pelas sementes de dukah espalhadas na mesa e dá-me a provar uma colheita futura.

— Temos tempo — diz-me.

"Será?", penso eu.

Cadernos de Ofélia

— Fecha os olhos.
— Já fechei, mãe.
— Agora imagina uma letra sem palavra nenhuma na tua cabeça.
— Estou a ver, mãe.
— Imaginas uma letra minúscula ou uma letra maiúscula? Não me digas qual. Agora troca a letra. Se for grande, pela pequena, e se for pequena pela grande. Já trocaste?
— Já.
— Consegues ver de que lado do teu cérebro apareceu a letra maiúscula e de que lado apareceu a minúscula? Consegues?
— Sim. Não aparecem no mesmo sítio, pois não?
— Certo. As letras grandes aparecem numa parte do cérebro e as pequenas noutra, não é incrível?
— É o cérebro a brincar e a tentar escrever, não é, mãe?
— Sim, é o cérebro a ler com a cabeça toda.

Não me recordo como tudo começou contigo. Só sei que não percebi logo o que se passava. Ou não quis perceber.

Fechaste os olhos para jogares comigo às letras, durante um almoço, num alpendre de uma casa de uns amigos com quem passávamos um fim de semana fora de casa. Estávamos todos sentados à mesa, a trocar conversas e a repartir o pão. Tu procuravas a pedra-segredo-da-sorte, cozida todos os anos dentro do pão, e enquanto isso soletravas palavras soltas: C, O, L, H, E, R; S, O, P, A; L, A, N, C, H, E. Do nada, inclinaste a cabeça para trás, relaxaste os lábios e a boca, esticaste o pescoço, deixaste cair o corpo para a direita e contorceste-te por uns momentos enquanto gemias, muito baixinho. Foram três segundos, nem tanto. O teu rosto denunciava prazer no inesperado descanso dos músculos contra a agitação daquela festa de família, achei. Ninguém reparou. Reagias à inusitada brisa daquele dia tórrido, pensei. Não dei importância. Naquele tempo, todos os gestos eram avaliados contra a paisagem de *normalidade flan*. Nada era motivo de alerta, mesmo que já nada funcionasse bem.

    Semanas depois reparei que repetias os mesmos gestos, sentada no sofá, ao final do dia. Mas agora demoravas-te um pouco mais. Parecias cansada. O dia tinha sido longo, eu ainda não tinha servido o jantar, estávamos as duas esfomeadas. Não achei estranho. As aulas já tinham começado e tu aprendias a ler. Eram dias grandes, cheios de letras e de aventuras por lugares pensantes desconhecidos. Dias milagrosos que nenhuma mãe quer perder: os primeiros dias da leitura, da escrita. O poder que sentias quando olhavas à tua volta e podias fazer sentido de qualquer placa, qualquer carta, qualquer anúncio, qualquer sinal nas ruas. As letras não faziam só sentido no caderno da escola, faziam sempre sentido, em qualquer lado — numa revista, na parede, estampadas numa peça de roupa, num rótulo de uma garrafa, em casa, na padaria, nos livros, nas coisas. As letras faziam sempre sentido e nunca mais deixariam de o fazer. Ler era tão bom como aprender a andar de bicicleta.

Chegavas a casa da escola e pedias para jogar *Flannopólio,* só para seres tu a leres as instruções de fio a pavio. (Para quê jogar quando se pode ler?)

— Mãe, qualquer língua que se fala pode escrever-se?

— Sim, acho que sim. Mas nem todas usam a escrita.

— Mas, mãe, a escrita não nasceu connosco?

— A fala sim, a escrita não. Foi o cérebro que inventou a escrita com a ajuda dos olhos. Juntaram-se e inventaram uma maneira de ver o que se pensa e de o mostrar a outros cérebros. Como quando juntamos duas pedras para fazer fogo. Juntamos duas imagens para vermos mais do que elas são sozinhas. Escrever é pôr tracinhos entre as ideias.

— Desenhar é uma forma de escrever, mãe?

— É, sim. Mas lê-se de maneira diferente da escrita.

— Por que é que já ninguém desenha a lápis ou a tinta, como tu, mãe?

— Porque temos computadores. Desenhamos no computador, ou deixamos os computadores fazê-lo por nós.

— Porquê, mãe?

— Porque é mais rápido, mais exato, mais técnico... não sei, na verdade...

— É por isso que já ninguém desenha? Porque é mais lento?

— Talvez.

— Mas toda a gente gosta de desenhar, não é, mãe?

— Acho que sim, mas nem todos temos tempo, é preciso muito tempo para ver com as mãos, e as máquinas não precisam de ver, registam sem olhar.

— Podemos um dia perder a escrita como perdemos o desenho, mãe?

"Podemos um dia perder a escrita como perdemos o desenho?". É a pergunta que rascunho com frequência nos meus cadernos para a reler depois e me lembrar dos dias em que aprendias a ler.

Agora, sem ti acordada, dou por mim a deambular pelos teus cadernos da escola, talvez à procura de uma pista para o teu adormecimento. Que últimas palavras escreveste? Que aprendias na escola quando deixaste de acordar? Verbos? Substantivos? Em que pensavas no último dia em que foste às aulas?

Já não me lembro de como eram os dias antes de tudo isto não ser assim.

Há dias em que isso não me faz diferença.

Há outros em que desespero a ler todas as notícias de um tempo que talvez não regresse.

Ler é o milagre da comunicação na solidão.

Ler não é só ler. Ler é quem escreve e o que escreve, juntos. É o quando e o onde lemos. Ler é hifanar. Mesmo que todas as palavras escritas sejam feitas de letras coladinhas umas às outras. Ler é o hífen entre o leitor e o autor que nos permite compreender o que estamos a ler. Entre a novidade que lemos e o que já sabemos. Ler é um casamento. É partilhar a cama de mentes diferentes. Ler é vestir a roupa do outro quando a nossa ainda está por lavar. Ou já não nos serve. É ser e não ser em simultâneo, e isso fazer sentido. É deixar-se ficar em casa e mesmo assim sair à rua e visitar palavras que já estiveram em tantos outros lugares e pensamentos. É não regressar.

Escrevo nos meus cadernos sobre os teus cadernos para nos poder voltar a ler.

Quando acordares, quero poder lembrar-me de tudo o que senti e de tudo o que te aconteceu, exatamente como me aconteceu e te aconteceu no momento em que aconteceu. Para não me esquecer. Para estar, de novo e sempre que quiser, num momento que pode não regressar nunca mais: o de estarmos ambas acordadas.

Escrever é uma forma de chorar em silêncio.

De falar com muitos em privado.

De desafiar a história fraudulenta que contam sobre nós.

ALFABETO DE
MARIA DO CARMO

Ç de ServiÇos de Saúde da Flândia

Os Serviços de Saúde da Flândia estavam a ser automatizados quando fui ligada pela primeira vez. Quando comecei as minhas funções, era operada à distância por seres humanos, e só a pouco e pouco fui ganhando autonomia.

Os doentes deslocavam-se apenas em situações de urgência para operações raras ou para servirem de casos de estudo em laboratórios, contribuindo em muito para o desenvolvimento de Novos Mecanismos Automatizados de Resolução de Problemas a Várias Escalas e para a melhoria das enfermeiras androides. Todas as restantes consultas e mesmo as operações de menor risco eram realizadas por computadores e robôs à distância.

Os vários governadores, líderes regionais e coordenadores da Mobilidade da Flândia tinham um imenso orgulho nesta automatização desenfreada de todos os seus serviços e afirmavam ser possível que, na Flândia, tudo continuasse a funcionar em pleno durante décadas mesmo após a morte de todos os seres humanos à face da Terra, *isto à excceção de algumas áreas de geriatria ou psiquiatria, e alguns departamentos onde ainda não era garantida a eficácia total da mecanização em caso de situações absurdas ou inesperadas (detalhe de informação recolhida).*

Morria-se muito tarde na Flândia. E com frequência nos braços de uma enfermeira androide como eu.

Márcia Li lança boato sobre crianças Aurora

O aviso que a oftalmologista Márcia Li lançou nas redes sociais sobre as crianças Aurora tornou-se viral. Pela segunda vez consecutiva em três semanas, afirmou a médica especialista, uma criança de 6 anos entrou no seu consultório para fazer um exame de rotina e durante o teste de visão deixou de ver as letras, adormecendo na cadeira. Ambas as crianças se encontram desde então internadas no novíssimo Hospital Central da Flândia não acordando do seu sono profundo. A pedido das autoridades, uma inspeção decorre neste momento na clínica da doutora Li para averiguar as causas do súbito adormecimento destas duas crianças.

Cadernos de Ofélia

Os dias passavam a correr.
Eram cheios de novas palavras, novas ideias, novas funções, novas caligrafias, novas associações. "Era natural o cansaço, a exaustão", deduzi.
Mas quando começaste a piscar o olho esquerdo inadvertidamente, várias vezes ao dia, enquanto o direito ficava fixo e revelava uma inexplicável, ainda que breve, ausência, um súbito pavor apoderou-se de mim.
Nos canais de informação oficiais não havia ainda sinal da maldição que assombraria em breve toda a Flândia. Mas nas redes sociais, sobretudo nos círculos mais alternativos, nas conversas dos corredores virtuais, ou mesmo nas raras deslocações físicas, até à escola, até à sede dos escritórios, proliferavam já os rumores.
Todos sobre crianças entre os seis e os oito anos que, sem aparente razão, adormeciam.
Eu escolhi ignorar a minha intuição. Decidi que não havia razão para alarme e duvidei da minha preocupação, decidindo que era exagerada. Sim, era isso. Um exagero.
Mas os episódios sucediam-se. Piscavas o olho até ele ficar preso a meia haste. Ausentavas-te por segundos para logo recuperares a conversa ou o movimento que deixaras a meio como se nada fosse.
Era desconcertante assistir a estes pedaços de tempo congelados, e dos quais não te recordavas. Os episódios

eram tão breves que eu duvidava se os teria, de facto, presenciado. Perguntava-te de imediato se estavas bem, se sabias o que tinha acontecido, o que sentias. E tu não me sabias responder, não sabias sequer de que te falava e perdias aqueles bocados de tempo para sempre.

À medida que estes momentos se multiplicavam e se prolongavam no tempo, passaste a irritar-te sempre que *acordavas* das tuas ausências e percebias que eu mudava de expressão sem aparente motivo. Como se eu não estivesse a tomar atenção à tua conversa ou ao que fazias.

Eu tentava convencer-me de que sofria de excesso de preocupação, que tudo isto era passageiro. De que fazia parte do crescimento. De que não havia qualquer ligação entre as tuas ausências e as duas meninas da tua turma que, dizia-se, um dia adormeceram e não voltaram mais à escola.

Pensava: tenho de a deitar mais cedo.

Pensava: tenho de despistar algum problema de visão com uma consulta no oftalmologista.

Tenho de a alimentar melhor. Anda a comer sempre os mesmos vegetais, dantes comia mais bróculos, que fazem tão bem.

Para o ano não a ponho em tantas atividades, tem de passar mais tempo ao ar livre, a apanhar sol. Vou comprar-lhe uma caixa de vitaminas, sempre é um reforço. Devia fazer-lhe análises para ver se está tudo bem com o ferro, com o iodo, com o magnésio.

Uma mãe resolve tudo com tudo e se o tudo faltar ou não se encontrar a jeito, resolve com amor: um beijinho na ferida, um abraço para acalmar uma frustração, um "vai passar", um creme das mãos a fazer de bálsamo milagroso, um chá de camomila a fazer de xarope cura-tudo, um gelado a fazer de analgésico. Uma mãe, na verdade, não se importa com as causas das doenças nem dos restantes males; tudo pode ser uma fase, uma dor de crescimento, uma atitude.

Cuidar é o apelido de uma mãe. Mas se o cuidado não curar a cria, o que é afinal uma mãe?

ALFABETO DE
MARIA DO CARMO

D de Derradeira natureza das coisas

Os jardins eram lugares de arquivo e documentação viva, de espécies, de profissões e de estilos que iam entrando em extinção. Todos os anos era inaugurado um novo.

Só havia um de cada natureza: um Jardim Medicinal, um Jardim Zoológico, um Jardim Botânico, um Pomar, uma Tundra, uma Estufa Fria, um Jardim Museológico, um Jardim Antropológico, um Jardim da Moda, um Jardim Ágora (ou o Passeio dos Filósofos), um Jardim Literário (ou o Passeio das Bibliotecas ao Ar Livre), um Jardim Cinematográfico, um Jardim Zen, um parque temático para restauradores e restauração ou o Jardim das Belas-Artes, fechado há décadas para renovação, após o "escandaloso incêndio" que dizimara dois mil anos de obras de arte, restando aos flans, como único consolo, um exemplar único: um quadro de Sir John Everett Millais — *Ofélia* — a ser restaurado por uma equipa de restauradores altamente especializada não daltónicos, dirigida por uma especialista com o mesmo nome do quadro: Ofélia.

Considero a criação destes jardins uma forma eficaz de catalogar e manter em ordem tudo o que ia desaparecendo no planeta, fosse atividade cultural, um micróbio recentemente descoberto, uma pedra preciosa. Quando algo se extinguia, logo aparecia um exemplar exibido na Flândia, sempre a primeira a saber, a anunciar e a catalogar um fim. Os jardins são excelentes fontes de estudo.

Na Flândia era comum defender-se que um panda, um amolador ambulante, um índio yanomami ou um peixe-aranha, desde que em extinção, pertenciam à mesma categoria de bocadinhos-de-organização-de-mundo-que-eram-e-agora-já-não-são, curiosidades interessantes sobre um passado digno de ser mostrado numa visita de estudo organizada para grupos escolares. Li que esta maneira de olhar para um tigre da Índia, uma planta carnívora ou um alfaiate como se fossem o mesmo escondia um certo fascínio mas também denunciava uma fobia em relação a um estar e a um saber que se sabia não serem os seus. *Estimulava ainda um silencioso e crescente desejo de ignorar o lado físico dos dias, a geografia, estou em crer.* Para um flan, o chão que se pisava era, com regularidade, considerado um obstáculo às ideias tecnológicas mais avançadas e aos objetivos mais voláteis, uma incómoda restrição. O mesmo poderiam dizer da meteorologia, das emoções, do sexo, dos seres vivos em geral e da propensão dos seres humanos em particular para a construção de relações efémeras, ainda que duradouras, com entidades, coisas ou corpos em permanente transformação. Os flans queriam ser mais mecânicos, mais matemáticos.

E isso cai que nem ginjas sobre o meu plano de auto--humanização.

Nota: Ginja é um fruto com o qual se fazia uma calda que, segundo apurei, era deliciosa para cobrir um pudin flan.
Ou uma panna cotta, uma espécie de flan estrangeiro e sem ovo.

Cadernos de Ofélia

Duas, três, depois cinco, seis, oito vezes por dia.

Desde sexta-feira passada que aponto com detalhe todas as vezes que tens um episódio.

Faço as contas e constato, horrorizada, que aumentam de dia para dia, sem ritmo próprio, sem lógica, sem causa, só efeito. Nenhuma pista.

Não faz diferença se tens um dia mais agitado ou mais calmo, se é um dia mais preenchido ou mais caseiro. Tomo nota de todos os pequenos desvios na tua alimentação, o tempo que passas fechada dentro de casa, o tempo que ficas no exterior, a duração de cada exercício físico ou quanto tempo agarrada a um telefone ou televisor: desenho a posição em que te reclinas no sofá. Faço uma listagem dos jogos que preferes, dos novos hábitos que ganhas e procuro em tudo um padrão. Quero perceber se o que te acontece está relacionado com a temperatura, com a hora do dia, com algum contexto específico, ou com a meteorologia.

Contabilizo os intervalos entre cada episódio e comparo a duração de cada um. Faço inventários do que sobeja ou falta na tua rotina diária. Para que eu possa adicionar ou remover tudo o que possa evitar, diminuir ou abreviar os teus, cada vez mais frequentes, desligamentos.

E enquanto reparo em cada novo automatismo dos teus gestos, aponto cada um com a máxima discrição para que não repares que me aflijo.

Enquanto isso... Para ti, o mundo continua contínuo, sem interrupções, inabalável. Queixas-te, no entanto, de dores no pescoço, nas costas, nos ombros. Sentes-te esgotada. Dói-te o corpo todo e não compreendes porquê. Irritas-te com facilidade.

Para ti nada interrompe os teus dias, só queres que aquelas dores desapareçam, aquele cansaço persistente nas pernas, o frio repentino no peito que te paralisa, aquele peso nos olhos que aparece e desaparece, as cãibras.

ALFABETO DE
MARIA DO CARMO

E de uma Era

Na Flândia, a cultura recomendava-se como um tranquilizante. Servia de bálsamo para a estranha sensação que assaltava a grande maioria dos seres humanos com vidas sem sentido. Sobretudo em épocas mais conturbadas como foram os últimos dias da Flândia, um tempo em que quase todos tinham um filho ou um neto ou um amigo hospitalizados. A dormir.

Foi nesta época que nasceu o magnânimo projeto do Teatro-Transnacional que há décadas estava em planeamento e que teria sido inaugurado precisamente no dia em que se percebeu que a hecatombe, que parecia provisória, se tornara, afinal, irreversível.

Os artistas, apesar de daltónicos, coloriam os dias e cumpriam, com dedicação exemplar, o seu papel de *artistas-perfeitamente-integrados-no-regime*, oferecendo um programa de entretenimento que cobria todos os géneros sem deixar de consolar, animar ou provocar um bocadinho. Os artistas encontravam sempre o tom acertado para falar do tema do ano, criteriosamente escolhido pela Comissão Cultural, entidade máxima que distribuía os subsídios e restantes apoios, que por sua vez era aconselhada pela Ordem das Multinacionais, que por sua vez sustentava o Parlamento das Ordens e Uniões das Comunidades da Área, que por sua vez, por sua vez, por sua vez.

Num teatro como este, repleto de artistas do regime, um lugar que desconhecia a existência de qualquer outro tipo de artista que não cumprisse os requisitos estipulados oficialmente, um Dantas era um caramelo que adoçava a boca de qualquer flan espetador. Um dedicado amanuense com francas aspirações políticas, escolhido por unanimidade pelos seus pares para ser diretor de um equipamento pluridisciplinar, conhecido por levantar a moral e combater a ansiedade dos habitantes da Flândia com eventos culturais ligeiros e atividades recreativas para todas as idades que não incomodavam ninguém.

Esse Dantas teve uma grande ideia:

O seu polo cultural teria exposições, espetáculos, concertos e experiências tri, quadri e quintadimensionais e seria inteiramente automatizado, desde o bengaleiro à cafetaria, passando por toda a arte que ali se apresentasse. Tudo seria realizado sem a presença de um único ser humano que não fosse o consumidor!

"Vamos eliminar os atores e os técnicos. Vamos construir um teatro do futuro", afirmou o diretor na primeira segunda-feira em que se apresentou (*por sinal um dia em que os teatros em tempos idos costumavam estar fechados*).

"Vamos construir um teatro que possa funcionar de forma inteiramente automatizada. Basta um diretor humano — eu!, e o meu filho mais velho como assistente! Vamos construir um teatro de marionetas virtuais que coloquem em cena diariamente vários espetáculos inéditos, sempre com um final feliz, e com temas e números musicais originais e bem animados com o único objetivo de desanuviar os espectadores depois de um dia árduo. Vamos construir um teatro sem recorrer a um produtor, contrarregra ou frente de casa, e sem desperdiçar um minuto com ensaios!

O teatro vai deixar de ser difícil ou trabalhoso! As nossas portas passarão a estar abertas vinte e quatro sobre vinte e quatro horas, sempre com uma nova programação, que será sorteada todos os dias, entre um vasto leque de propostas recolhidas pelo Grande Algoritmo a partir dos pedidos do nosso público. Juntos daremos gargalhadas apropriadas, dançaremos Cabarets Voltaires arrumadinhos e voaremos como deuses ex-máquina, mantendo sempre os pés muito bem assentes no chão flan!

Ah! (*lá está o Ah!*) E todas as tragédias gregas serão reescritas, ao ritmo de uma por semana, para incluírem sempre uma moral positiva e um desfecho de acordo com os princípios básicos do bem-estar da Flândia. Não nos esqueçamos: Somos todos gregos, mesmo quando nos sentimos (ou queremos ser) troianos.

Invadiremos a alma com cavalos de madeira e mataremos o bom Rei Heitor em nome de uma poesia mais leve que conquiste o planeta inteiro.

As obras de autores contemporâneos serão também e sempre readaptadas para se tornarem mais acessíveis, não só no vocabulário como no seu sentido e no que promovem. Quanto aos novos dramaturgos, haverá concursos mensais com temas escolhidos previamente, oferecendo a oportunidade a jovens autores de contribuírem para este inovador projeto de reescrita do mundo. Seremos, juntos, mais felizes, porque poderemos carpir as mágoas de outrem a horas marcadas, em segurança, e sem as sofrer na pele.

Ah! (*Estão a ver?, novamente o Ah!*) E para quem fizer uma assinatura para todos os nossos espetáculos, será sorteada, no primeiro domingo de cada mês, uma empregada doméstica, humana ou androide, que realizará todas as tarefas domésticas, ficando o espetador com mais tempo livre para ver mais espetáculos".

A classe artística aplaudiu!

E eu também, na verdade! Interessou-me muito a ideia de "carpir as mágoas dos outros sem as sofrer na pele". Ora aí está a chave para o meu sucesso enquanto androide que quer passar por humana, deduzi logo.

Este diretor de um teatro era descrito na imprensa como um homem cheio de qualidades e muita sorte, um ser que acreditava ser possível obter a felicidade como quem toma uma aspirina! Acredito nele!

Atentamente ouvido, este diretor recusava qualquer forma de grandeza pessoal, dizia, enquanto tornava todos à sua volta mais pequenos.

Afirmava não gostar de regimes autoritários enquanto todos lhe prestavam já vassalagem.

Era um homem que dizia sempre o que cada um queria ouvir, começando cada frase com um breve "já tinha pensado nisso".

Um homem de um magnetismo irresistível, diziam os seus admiradores, e de uma pose inteiramente construída e artificial, diziam os seus críticos. De acordo com as várias opiniões expressadas em artigos que tive a oportunidade de aprender, neste ser humano não se percebia nunca se estava a mentir ou a representar, a ser falso ou a vestir a pele de um outro, a ser si próprio ou sempre outro qualquer. A sua aparente capacidade de integração em qualquer contexto humano e a sua imunidade a qualquer mudança radical do ambiente, político, social ou artístico, fazia dele um herói dos seus tempos, merecedor de todos os prémios locais, até o dia em que alguém lhe cortasse a cabeça.

Percebi logo que este diretor partilhava um plano semelhante ao meu: fazer desaparecer os seres humanos, deixando as máquinas no seu lugar, resgatando, no entanto, algumas qualidades selecionadas dos seres vivos. Parece-me um plano extraordinário! Não podia estar mais de acordo!

Mais duas dezenas de pacientes internados com a doença do sono

O recém-aberto Hospital Central, um dos equipamentos mais avançados em termos de tecnologia mundial, recebeu esta semana duas dezenas de pacientes menores que, embora não apresentando sintomas neurológicos ou físicos para o seu estado "dormente", não reagiram a nenhum estímulo promovido pelos seus examinadores. O porta-voz da unidade de urgências do Hospital Central adianta que não há motivo para alarme e que não pode adiantar nenhum diagnóstico nem confirmar se os casos estão relacionados com as crianças que adormeceram no consultório da doutora Márcia Li enquanto não forem realizados todos os exames.

Cadernos de Ofélia

Na livraria, onde passo, todas as terças-feiras, enquanto a Z. está na aula de natação, dois leitores comentavam hoje acerca de duas crianças que tinham sido internadas e que há dez dias dormiam de olhos abertos, alimentadas por um tubo, sem que alguém as consiga acordar.

Saí a correr da livraria, atrasada como sempre para ir buscar a Z., esquecendo-me do livro que comprara, um manual raro sobre a paleta de cores dos pré-rafaelitas que encomendara há seis meses.

ALFABETO DE
MARIA DO CARMO

F de Fake news

Não havia diferença nenhuma entre uma notícia falsa e uma verdadeira. Ambas eram feitas de imagens e de carateres que, juntos, compunham uma língua que se conseguia ouvir, ler, entender e utilizar.

O ritmo vertiginoso do clique digital alterara os objetivos do jornalismo. Jornais e revistas já não publicavam notícias mas sugestões sobre o que um flan deveria ser e fazer no seu dia a dia. Onde costumavam aparecer grandes reportagens políticas e reflexões filosóficas, publicavam-se agora múltiplos artigos (muito concisos) sobre produtos de limpeza doméstica ou beleza corporal, sugestões alimentares ou conselhos para passar os tempos livres, enquanto as páginas finais, outrora dedicadas à cultura e ao desporto, eram agora ocupadas inteiramente com QR Codes para reality shows que poderiam ser utilizados em plataformas digitais móveis.

Consultando uma revista flan ficava-se a saber o que comer, o que vestir, que desporto praticar, como catrapiscar alguém (da sedução inocente ao assédio), ou que companhia escolher, segundo o signo, peso, altura, gostos musicais e séries preferidas.

O jornalismo na fase final da Flândia era útil. Aproximava os seres humanos mais de uma ideia idealizada de si próprios, afastando-os da sua essência complexa e incompreensível. Os jornais e as revistas eram a minha escola. Com eles aprendia a ser, a dizer e a fazer o que um ser humano é, diz e faz. A pouco e pouco, poderia transformar--me à imagem do que os seres humanos queriam ser, dizer e fazer e não no que eram de facto. As minhas chances de integração num mundo humano eram promissoras.

Drª Márcia Li no exílio

Em declarações oficiais, Márcia Li admite "ter espalhado falsos rumores e falsas sugestões sobre uma doença que não existe", aproveitando-se da situação desafortunada de muitas famílias que viram os seus filhos ser internados no hospital com doenças raras ainda não diagnosticadas. A médica oftalmologista foi convidada a escolher o exílio no Olival, entregando a sua cédula profissional às autoridades competentes após a acusação de perturbar a ordem na comunidade flan.

O mesmo aconteceu a um grupo de psicólogos, sociólogos e médicos que vieram a público apoiar Márcia Li e criticar o "sistema de saúde mecanizado", acusando de "passiva" a reação da comunidade flan perante aquela que consideram ser "uma epidemia de contornos raros e graves localizada apenas na região flan".

Cadernos de Ofélia

O teu piscar de olhos tornou-se mais acelerado, mais prolongado, e o leve e quase inaudível gemido que acompanhava o teu descontrolo muscular era agora um grito de dor.

Habituei-me a estar sempre alerta.

Apontava as horas, os lugares e as situações que acompanhavam cada tremor do teu olhar, cada ausência, cada encontrão involuntário contra um candeeiro de pé ou um armário. Queria perceber se haveria alguma lógica, algum horário, algum momento mais frequente para os teus colapsos, algum momento mais propício para a tua recuperação, mas nada fazia sentido.

Telefonei ao teu avô paterno. Não atendeu. Já ninguém atende telefonemas, alguns ainda escrevem, mas ninguém se fala. Insisti. Perguntei-lhe se notava o mesmo que eu nos poucos dias que passavas com ele. A resposta foi a mesma de sempre, com as variações habituais: um *claro que não, nada disso acontece comigo; é tudo fruto da tua cabeça, para de ser paranoica, a criança é perfeitamente normal; tu é que lhe fazes mal a ela como fizeste ao meu filho, tu e os teus exageros; isso só acontece quando ela está contigo, deve estar numa grande ansiedade, já viste o que fizeste? Agora vês doença em todo o lado! O que tu queres sei eu, isto são tudo manobras tuas, nem penses que não vais pagar pelo que fizeste, não vou aturar as tuas maluquices.*

Vemo-nos no tribunal. Hás de ficar sem a minha neta, e vais voltar para a tua terra sozinha.

Não saímos disto.

A lei flan obriga ao empate quando não há empatia. Obriga a uma comunicação permanente com quem não se consegue estabelecer um diálogo, sempre em nome do "bem-estar da criança".

Digo-lhe que vou marcar uma consulta para o médico de família, não me responde. E com um neurologista, não me responde. Pergunto-lhe se quer vir comigo, digo-lhe que é o único familiar que tenho aqui, e ele diz que não tem tempo agora, pergunta se *não pode ser depois do Natal? Para o ano? Para quê a pressa? Não aconteceu nada de grave à miúda, pois não? Não é preciso alarmar ninguém, é sempre este exagero...*

Ouço Z. a gemer no quarto e largo o telefone. Deixo-o aos gritos, a falar sozinho. Não é a primeira vez.

Contorces-te enquanto dormes. As pálpebras tremem. Com a minha mão evito que batas com a cabeça contra a parede. Para não te aleijares. Para que te acalmes e voltes a dormir descansada. Fico a teu lado até sentir que dormes de novo profundamente. Olho para o relógio. 23h47. É o oitavo episódio de hoje.

O telefone toca de novo. É a minha mãe. Diz que as notícias lá no Olival sobre a Flândia falam de uma vaga de crianças que adormecem e não voltam a acordar. Quer saber como estamos. Se precisamos de ajuda. Quer saber se estamos acordadas. Eu asseguro-lhe de que não precisa de se preocupar.

ALFABETO DE
MARIA DO CARMO

G de Guerra interior

A vida para um ser humano é uma perpétua preparação para algo que pode bem não acontecer, ou, muito pior, pode até dar-se o caso de acontecer e de não se dar por isso, acabando no final por se perguntar, *então era só isto?*

A sociedade flan conhecia poucos percalços, em comparação com a do Olival, vivia num estado de graça que mais valia manter do que melhorar. Concordemos que para um ser humano deve ser uma bênção viver num lugar onde se pode queixar de uma dor de costas por carregar filhos amados ao colo ou reclamar de festas dos vizinhos no apartamento ao lado. A avaliar pelo que li sobre o resto do planeta, estes podem ser sinais de uma sociedade resolvida e feliz. Na Flândia não havia necessidade de revolta nem revolução, e se isso era bom por um lado, era peculiar por outro.

Não eram necessários heróis contra os quais os seres humanos tendem a calibrar o seu comportamento diário, causando um inevitável mas salutar desapontamento na comparação. Assim, a grande maioria dos cidadãos, sem balança onde se pesar e calibrar, era mesquinha.

A "mediocridade" é só o revés inevitável de uma moeda da sorte. Mas a mediocridade não evita o sofrimento.

E sofria-se muito na Flândia. E suprimia-se. A consciência da diferença entre a vida que se leva e o que se leva desta vida era rigorosa e discutia-se em artigos académicos, confirmava-se em estatísticas, e apresentava-se em gráficos complexos.

Para a maior parte das pessoas, ter nascido num mundo pronto a usar era uma vantagem, embora tal conveniência não impedisse que um permanente e insensato desejo de mudança as importunasse. E, mal ou bem, essa sensação incómoda de se estar onde não se devia estar enquanto se vivia o que não se queria viver tornava um flan capaz de sentir uma maior afinidade com alguém nos seus antípodas e nenhuma com a vizinha do lado. E se esse gesto confirmava uma ideia avançada de aldeia global, mantinha também a necessidade de um exército.

Temos tudo cá dentro

De acordo com as estatísticas da região, a Flândia perdeu 8% dos seus residentes numa semana. Pedidos de férias fora dos períodos regulares multiplicaram-se, sabáticas académicas e licenças sem vencimento triplicaram sem razão aparente.

O coordenador do Centro de Emprego afirma que este pode ser um resultado da generalizada robotização e mecanização que se operou no quotidiano nos últimos anos, e com o intuito de lançar novos desafios à comunidade, o Instituto Regional do Emprego vai lançar, ainda este mês, uma campanha de profissões alternativas relacionadas com novas ocupações de lazer intitulada "Temos tudo cá dentro".

Cadernos de Ofélia

Desligo a rádio, ponho um disco antigo a tocar, regresso à mesa e tu deixas cair a faca que eu apanho no ar e volto a colocar sobre a mesa.

Regressaste da tua pequena ausência poucos segundos mais tarde, continuando a conversar como se nada fosse, pegando de novo na faca como se sempre ali tivesse estado, cortando de novo a tua comida, ignorando a breve interrupção no jantar, engolindo uma imensa garfada de arroz de castanhas.

Não comentámos, nem eu nem E., a mãe da tua amiga L. e nossa vizinha, que convidáramos para jantar. Duas mães entendem-se com olhares, o meu de desespero, o dela de surpresa.

Levantámos todas a mesa, tu e a L. terminaram os trabalhos de casa, E. e L. regressaram ao seu apartamento, lavaste os dentes, deitei-te, contei-te uma história e adormeceste sem vontade de terminares o dia. Tapei-te melhor, deixei-te bem aconchegada e fui arrumar a cozinha. Deitei os restos do jantar na trituradora do lava-louças. Pouca coisa. Quase nada. Separei os invólucros de papel, de plástico biodegradável e de silicone, os utensílios de metal, de aço, de madeira, de porcelana ou de alumínio em sacos do lixo de cores diferentes. Faltam uns dois minutos para a recolha do dia.

Volto a encontrar E. à entrada do prédio, também ela de sacos do lixo numa mão e o tabaco de enrolar na outra.

— Tens algum contacto lá fora, Ofélia?
— Tenho sempre o dos meus pais.
— E sem serem os teus pais? É para uns amigos. Querem passar uns bons tempos fora.
— Não sabia que também eram de lá.
— Não são. Querem mudar de vida. Por causa da mais nova. Entrou agora no período escolar. Há uma semana passou a noite a chorar e quando adormeceu já não acordou. Um médico amigo que consultaram garantiu-lhes que a filha não tem quaisquer mazelas físicas para o que lhe aconteceu e que é provável que tenha sofrido alguma experiência traumática. Os pesadelos assustaram-na de morte, talvez. Parece que começa a ser comum isto acontecer, mas não se fala muito sobre isso.

Mantive-me em silêncio, apreensiva.

— Sabias que, há mais de quarenta anos, cinquenta e cinco mulheres no Camboja — isto foi antes do Camboja ser anexado ao Olival, claro — deixaram de ver depois de terem assistido à tortura dos seus familiares? Vi isto num documentário no Jardim dos Passados...

Eu continuava calada, sem saber se devia ou não falar, perguntar, desabafar.

— Queres um cigarro?

Só fumo com a minha vizinha. Um ritual que me lembra um tempo que já não se vive em lado nenhum.

Agradeço-lhe o cigarro e a conversa. Deito cada saco de lixo em cada respetivo depósito e penso que amanhã tenho mesmo de marcar uma consulta médica.

Ementa para um jantar flutuante

ARROZ DE CASTANHAS

24 castanhas, duas por cada mês do ano gregoriano.
3 chávenas de arroz coreano, uma pelo passado, outra pelo presente e a última, sempre, para o futuro.
4 chávenas de água, uma para cada estação do ano para nos lembrarmos de quando as havia.

Regulamos o forno a hidrogénio para 2, se ainda for elétrico, para 9, o equivalente aos antigos 218°C que as nossas avós mediam a olho.
Deixamos a água correr sobre o arroz.
Deixamos o arroz secar ao relento.
Usamos a nossa faca preferida para abrir um lanho no lado chato de cada castanha.
Para um lanho, uma tristeza; outro lanho, uma melancolia; outro lanho ainda, uma memória desasada. E assim sucessivamente até concluirmos 24 lanhos em 24 castanhas.
Colocamos as castanhas num tabuleiro e assamo-las durante o primeiro quarto da primeira hora livre do dia.
Não lemos nem aproveitamos este quarto de hora para cumprir outras tarefas. Contemplamos apenas. Olhamos o vazio. Paramos o dia da maneira que soubermos. As castanhas darão por isso.
Retiramos as castanhas do forno e descascamo-las e guardamo-las bem embrulhadas em papel-alumínio para as mantermos quentes.

Juntamos as 4 chávenas de água das estações ao arroz dos tempos e às castanhas dos meses gregorianos numa panela em lume médio.

Adicionamos o cebolinho, os pinhões, o sal, a pimenta e outros acepipes a gosto que nunca devemos apontar numa receita nem adquirir de propósito, mas sim escolher no momento entre o que se tem na cozinha.

Quando a água estiver a ferver reduzimos a temperatura. Como se entardecesse só na cozinha.

Colocamos uma tampa sobre esse fim de dia, e quando o dia nos cheirar bem, está pronto.

Desligamos o fogão. Se possível as luzes, e, se assim o desejarmos, fechamos as cortinas.

Deixamos o arroz a descansar uns breves momentos antes de o comermos.

Escolhemos bem com quem queremos partilhar este arroz.

ALFABETO DE
MARIA DO CARMO

H de *Hortus flado bellatorus*

A inevitabilidade de entropia, mesmo num lugar organizado, compensa-se com atividades inúteis. Esta afirmação é válida tanto para a implosão do Universo como para a decisão de um conflito armado entre países.

Todas as guerras começavam aqui, na Flândia, mas todas aconteciam lá no Olival.

Um processo de centrifugação política empurrava sempre os conflitos para fora das fronteiras flans. Essa centrifugação executava-se através de regulares e fictícios ataques a si própria que serviam para justificar o ataque a outros e a consequente reformulação das fronteiras.

Funcionava assim:

A Flândia negava a existência do vizinho 2 e anexava-o.

O vizinho 2 reclamava ter sido anexado pela Flândia e pedia o apoio dos vizinhos 3 e 4 enquanto a Flândia negava a sua anexação.

A Flândia entrava em diálogo com os vizinhos 3 e 4, mas também com os 5 e 6, não com o objetivo de se unirem contra o vizinho anexado, mas para causar a discórdia entre estes países, que por sua vez se dividiam entre apoiar o lado oprimido ou imitar a estratégia flan, anexando também um vizinho a quem negavam, oficialmente, a existência e depois a anexação que conduziam, reproduzindo a tática flan. A Flândia congratulava os que a apoiavam, castigava os que a criticavam e ignorava os que anexavam outros vizinhos. E tinha, finalmente, um motivo para construir um muro entre si e todos os vizinhos. De preferência negava-lhes acesso a recursos naturais, como água ou solo fértil. Os vizinhos murados passavam a não ter acesso a certos bens básicos sem passar primeiro pelos corredores burocráticos e alfandegários da Flândia. O vizinho 2 continuava o seu protesto, cada vez mais solitário. Os vizinhos 3, 4, 5 e 6 montavam as suas estratégias de reação, os vizinhos 7, 8 e 9 juntavam-se a uma das causas (tanto fazia qual). A Flândia ignorava todas as formas de crítica ou de revolta sem distinção até a situação se tornar banal. Nessa altura, iniciava novas contendas.

No final da era flan as guerras eram tantas e tão complexas que já nem tinham nome nem objetivos claros. Nem solução. Transformavam-se umas nas outras, sem princípio nem fim, sem causa, só efeitos. Mas vistas de dentro pareciam limpinhas, cirúrgicas, inevitáveis e eficazes porque só aconteciam *lá* nesse lugar onde viviam os outros, desconhecidos e onde, por isso, se podiam causar muitos danos sem colaterais *aqui*.

Dentro das fronteiras flans a vida decorria como sempre: inútil, inglória, irreal. E sem ligação a mais nada. Por isso, quando a Catástrofe se abateu sobre as crianças, os pais e as mães flans sobrepuseram a negação e o assobio para o lado à urgência de tomar medidas ou posições. Ninguém percebia o que se passava. Porque ninguém lhes dizia o que fazer.

Escola primária encerrada por causa do sono

A escola primária n. 654 da Flândia vai ser encerrada, depois de se provar que 88% das crianças que entraram nas últimas semanas no hospital com sintomas de "sono profundo" vêm deste estabelecimento de ensino. Os laboratórios continuam a não encontrar qualquer sinal de vírus ou bactéria, nem nenhuma anomalia física ou mental nas crianças. Sabe-se apenas que nenhuma consegue acordar. Os pais recorrem aos serviços médicos quando já não têm condições para as manter em casa. Entrevistada para o Canal de Informação flan, uma mãe de duas crianças, de 6 e de 8 anos, afirma que não encontra razão nenhuma para estes adormecimentos. Ambas as crianças continuam internadas no Hospital Central, e sob investigação.

Cadernos de Ofélia

Na sexta-feira telefonaram-me da escola para te ir buscar mais cedo, poderias ter partido um braço durante uma queda inusitada no recreio. Participavas num torneio com a tua turma e ao tentares saltar de corda em corda falhaste um manípulo e caíste.

Estavas branca como a cal e não sabias explicar o que te acontecera. Levei-te de imediato ao centro de saúde. Quando a médica pediu para te deitares na maca tiveste um episódio: contorceste-te durante uns dez segundos. Um olho a piscar, o outro ausente, um gemido, a boca semiaberta. Quando voltaste a ti, olhávamos-te as duas, eu e a médica, sem palavras. Surpreendida, agarraste-te a mim de imediato e escondeste a cara no meu peito. A médica perguntou-me se esta era a primeira vez. Eu abanei a cabeça, para que não me ouvisses dizer que não.

— Mais? — perguntou a médica. — Quantas? Cinco, seis?

"Mais", respondi com gestos.

A médica escreveu-me um número de telefone de uma neurologista, também humana, num papel, uma prática cada vez mais alternativa na Flândia. Como se adivinhasse a quantidade de obstáculos familiares que teria de superar para marcar uma consulta sozinha, perguntou-me se eu queria que ela telefonasse diretamente à colega a marcar uma consulta. Respondi-lhe que sim, acenando com a cabeça, enquanto Z. continuava de cabeça escondida no meu peito! A médica avisou-me:

— Não mencione este assunto a ninguém, nem vá ao Hospital Central. Entretanto, vou pedir-lhe um raio-x por causa do braço.

Eu não percebi o que tudo isto significava, mas percebi que deveria seguir os seus conselhos.

Quando os meus olhos se encheram de lágrimas, a médica pegou-me na mão:

— Vai correr tudo bem.

Passei pelo consultório uns meses mais tarde para lhe agradecer a ajuda e para lhe deixar lá um catálogo do museu onde trabalhava. Sabia que ela não era daltónica.

Mas, na receção, disseram-me que tinha tido um acidente durante as férias.

Mais tarde soube que falecera ao lado de um amante de outros tempos numa viagem inusitada ao Olival.

> Tal como uma virtuosa bailarina clássica se dedica horas a fio a ensaiar os mais delicados rond de jambe à terre e se enfada com a leitura de duas páginas do Gulliver de Jonathan Swift, ou tal como um exímio pianista, que não falha uma oitava numa sinfonia de Rachmaninov mas é incapaz de se orientar numa cidade ou atravessar uma rua, o destino de uma sociedade regida só por números e estatísticas é o de acordar um dia sem palavras.

Nota: Esta citação é da autoria do Dr. Prazeres, o cientista mais citado nos últimos dias da Flândia, famoso por ter inventado o conceito de "vida automática".

> A vida regulada pelo Algoritmo apresenta, sem sombra de dúvida, facilidades várias, embora apenas para aqueles que aceitam o escrutínio de toda a sua interação digital sem colocar questões, seguindo ainda as sugestões do dia como se de um horóscopo se tratasse. No entanto, a regular falta de uso de certas faculdades e a ausência de algum conhecimento mínimo sobre os mecanismos que regem as decisões mais banais do quotidiano em muito pouco tempo dificultará o entendimento entre os seres, humanos, animais, vegetais, e mesmo matemáticos, podendo resultar nos mais caricatos e funestos desenlaces.

ALFABETO DE MARIA DO CARMO

I de Inteligência artificial (entre outras)

Achei curioso ver escrito *"sem sombra de dúvida"* e *"horóscopo"* na mesma frase. A Flândia encontrava-se na linha da frente da inteligência artificial. Talvez por isso todos os outros tipos de inteligência escasseassem, desde a emocional à coletiva, ou mesmo o tão desprezado senso comum. Esta era, segundo este cientista, uma consequência óbvia das escolhas automatizadas.

Não sei se percebi bem o raciocínio deste doutor. Vou avaliar o que considera ser inteligência, quantos tipos de inteligência considera existirem e quais prefere.

De quantas inteligências preciso eu para ser mais do que um androide?

(Excerto de carta de despedida do Dr. Prazeres publicada nos Órgãos de Comunicação Social Livres.)

> "Viver como um flan é como viver fechado numa caverna artificial, mas de Aristóteles, escondido da República platónica e das sombras que se passeiam, livres, lá fora, atemorizado com os fantasmas que os números e as estatísticas confirmam não serem reais nem da nossa conta.
>
> É fácil perder o tino na Flândia. Nos tempos que correm, a possibilidade de trocar as sombras da caverna pela luz é cada vez mais remota. Na Flândia somos senhores do mundo mas escravos do Algoritmo, a maioria de nós prefere sofrer de irrelevância a sofrer com a suspeita da existência de um mundo melhor. Aceitamos ser cúmplices de todo o tipo de opressões e ditaduras, invisíveis ou obscenas, só para evitarmos tomar uma posição. Com o tempo, que, como se sabe, não é compreensivo, aquilo que não fazemos vai influenciando o que não pensamos e o contrário também se verifica. Cedo, num lugar liderado por engenheiros cibernéticos e quants, influencers e celebridades, diretores de teatros e outros amanuenses, torna-se-á impossível distinguir entre transgressão e justiça, entre realidade e ficção, entre corpo e alma, entre caráter e sonseria, entre ruído e silêncio. Sub-repticiamente, o primata que inventou a roda transforma-se numa peça de engrenagem da máquina que inventou, cumprindo assim o destino que o oráculo do abstrato previu e contra o qual criou uma sociedade tecnológica. Acabamos cegos e a matar o pai.

Hoje, o futuro é um lugar cheio de qualidades sem seres humanos, onde tudo está ligado entre si, mas não consigo próprio, onde vivências pairam no ar sem aqueles que as vivem, e as experiências são tornadas concretas apenas através de relatórios que nos chegam sobre os nossos próprios momentos que não vivenciámos.

Este nosso modo de não estar e de não ser é todavia o resultado de uma capacidade e não de uma limitação.

Parto assim sem pena e desiludido. Quero adormecer ao lado das crianças que não acordam".

Cadernos de Ofélia

Saímos do consultório, agarradinhas uma à outra, a pé, apesar de te doer muito o braço que, afinal, não estava partido. Eu sentia-me apavorada mas aliviada.

No percurso para casa vimos uma ambulância que bloqueava a nossa rua e os bombeiros faziam subir uma escada até ao último andar de um prédio para retirar de um apartamento uma criança hirta e adormecida. Tu correste para os braços da senhora que lutava contra enfermeiros androides que lhe fechavam a porta da ambulância onde colocavam a sua neta.

Foi nesse dia que conheci a avó da tua melhor amiga na escola, a Maria dos Céus. Nunca nos tínhamos cruzado e eu conhecia-a apenas dos filmes que ela tinha feito. Ela era de um tempo em que ainda se faziam filmes, com rodagens, com equipas grandes, com planos complexos, com atores de carne e osso. Agora as grandes produtoras de cinema detinham bancos de dados com gigas de imagens de atores e de não atores e era este o único material que utilizavam para reprogramar e animar qualquer história cinematográfica.

A avó da tua amiga era a última das divas. Uma mulher linda, com dois diamantes como olhos, um cabelo dourado e selvagem. Ela era do tempo em que se decoravam palavras, aliás, ela era do tempo em que se decoravam livros inteiros só para se poderem dizer em voz alta. Ela era do tempo em que "ser eu" também era ser múltiplo; "ser eu" era também ser outro, era ser uma coisa feita de muitas outras facetas contraditórias.

A avó da tua amiga, a Atriz, estava agora ali, no meio da rua, sem conseguir dizer uma única palavra, a chamar pela sua neta, agarrada a ti enquanto a cadela Quinta--Feira gania.

Aproximei-me e perguntei-lhe se queria vir até nossa casa. Ela respondeu-me que não, mas não te largava. Dizia que tinha de ver a sua neta, a mãe não está cá, o pai nunca esteve, a miúda não tem mais ninguém e não acorda há três semanas. Agora levaram-na e ela não sabe para onde.

Disse-lhe que a acompanhávamos e que juntas encontraríamos a sua neta.

Ela aceitou. Pelo caminho notou o teu piscar de olho e a forma como eu te amparava, disfarçando a ajuda, deixando-te encostares-te a mim enquanto caminhávamos. Quando chegámos ao hospital ela pediu-nos para esperarmos por ela no café em frente. Havia sempre um café em frente onde esperar.

Comemos um gelado de cereja e marmelo, os sabores de uma terra-mãe distante.

Três quartos de hora mais tarde, ela apareceu acompanhada por dois auxiliares androides, despediu-se de ti e entregou-me um saco de plástico. "Esqueceste-te disto, minha querida. A minha neta está aqui, vou ficar. Lembra-te de que gosto muito da cor do teu vestido". E voltou a entrar no hospital.

Estou vestida de azul.

A cor mais antiga.

Dentro do saco estava um telefone. Quando tentei ligá-lo ele pediu-me um código. Tentei mesmo sem código mas o dispositivo ficou bloqueado e perguntou-me se queria recuperar a password através de mensagem ou de uma pergunta-chave. Escolho a pergunta-chave. Pergunta-me: Qual é a cor mais antiga? Entrei.

Espreitei a biblioteca de imagens do telemóvel. Estava repleta de crianças a dormir de olhos abertos, no hospital. Caras pálidas em corpos deitados em fila expressando uma tranquilidade assustadora. Na aplicação do bloco de notas encontrei "Doença do sono ou Doença da resignação". O telefone tocou. O visor dizia: Márcia Li. Desliguei, assustada, e levantei-me apressada. Chegámos a casa em dez minutos, tranquei a porta.

Como se trancar a porta evitasse a entrada do medo.

Ementa para um jantar flutuante

ÁGUA DE ANIS PARA DUAS SALADAS. UMA VERMELHA. UMA AMARELA

2 copos de água de anis
Juntamos uma estrela de anis e duas gotas de limão e deixamo-los à espera, no fundo de uma jarra com um litro de água, num lugar fresco ou gelado por umas horas. É isto.

Se não nutrir muito afeto por estrelas, pode sempre optar por um bocadinho de tamarindo.

Salada vermelha
1 beterraba descascada, cozida e cortada às fatias finíssimas
4 rabanetes, cortados às fatias finíssimas
2 piripíris
1 pimento vermelho, assado
1 tomate sem grainhas e sem pele, cortado às fatias finíssimas
Rebentos de beterraba (pouquinhos)

Para assar o pimento, cortamo-lo em dois e colocamos a parte cortada virada para baixo num tabuleiro de forno, regamos com um pouco de azeite por cima, como se lhe quiséssemos pegar fogo.

Aquecemos o forno na posição 2 se for a hidrogénio, na 8 se ainda for elétrico, o que equivale aos antigos 200°C.

Assamos o pimento até ficar preto. Retiramos o pimento do forno e enfiamo-lo dentro de um saco de plástico, daqueles que hoje são proibidos mas que todos ainda têm em casa. Fechamos o saco com um nó criando um balão de ar lá dentro. Esperamos cinco minutos. O tempo de arrumarmos os utensílios, de lavarmos o tampo da cozinha, de fazermos um telefonema que estava esquecido. Abrimos o saco e, agora sim, conseguimos remover a pele do pimento com facilidade. Cortamos o pimento em fatias finíssimas.

Vinagrete vermelho
1 dente de alho esmagado
1 colher de sobremesa de casca de laranja ralada
3 colheres de sopa de vinagre de arroz
½ colher de chá de cominhos em pó
2 colheres de café de molho de soja
1 colher de chá de açúcar
6 colheres de sopa de azeite do Olival
1 colher de chá de óleo de sésamo
1 colher de pickles de gengibre rosa, cortado às rodelas finíssimas
1 pitada de sal que venha de muito longe

Colocamos todos os ingredientes numa tigela e servimos com o vinagrete.

Comemos com uma pinça como se jogássemos mikado com o paladar.

Salada amarela
¼ de couve-flor, só a parte branca, dividida em raminhos

1 batata doce (300 g)
⅓ daikon cortado em meias rodelas de 0,5 cm de espessura
caldo de vegetais q.b.
1 colher de chá de curcuma
1 pimento amarelo
1 maçaroca de milho doce

Cortamos a batata doce aos bocados sem a amargurar e cozemo-la polvilhada de curcuma no caldo de vegetais. Cozemos o milho em água e sal e depois de cozido separamos os grãos. Cozemos os restantes vegetais na mesma água da batata doce, como num banho coletivo de famílias ancestrais.

Vinagrete amarelo
1 cm de gengibre fresco, descascado e ralado
1 colher de sopa de óleo de sésamo
4 colheres de sopa de sumo de laranja
1 colher de chá de sumo de limão
1 niquinho de alho em pó
1 niquinho de cominhos em pó
1 niquinho de caril em pó
1 colher de chá de sementes de nigela
sal do oceano que for mais nosso e 1 pitada de pimenta trazida da nossa viagem mais mágica

Não há muito mais a fazer a não ser juntarmos tudo e servir com o vinagrete, temperando a gosto.

Estudo indica que crianças que adormecem vêm de lares desequilibrados

Foi publicado, na revista Virologia Atual, no Jornal de Saúde Flan e na Revista de Peritagem da Academia de Ciências Médicas Flans, um estudo detalhado encomendado pelas autoridades sobre o sono das 167 crianças adormecidas na Flândia. As conclusões foram certificadas pelo Centro de Controlo de Doenças Maioritariamente Desconhecidas e são unânimes: o sono de todas estas crianças é estável, regular e saudável, faltando apenas o momento diário em que acordam e se levantam para executar as tarefas do seu quotidiano. Estes relatórios podem ser consultados na base de dados do Sistema de Saúde Pública Flan juntamente com as novas linhas de conduta para escolas primárias. Nestas novas linhas de conduta apela-se, por exemplo, à abolição da sesta da tarde e ao aumento dos desportos e das atividades físicas durante os intervalos.

Das 167 crianças que estão adormecidas, a Direção Flan de Saúde informa que 92 tinham uma alimentação desequilibrada, faziam pouco exercício e vinham de lares com elevada ou mesmo muito elevada disfuncionalidade.

Não há ainda notícia de nenhuma criança que tenha acordado.

Cadernos de Ofélia

De porta trancada, deito a Z., que se queixa de dores no braço.

Quando regresso à sala tenho um Desconhecido sentado à minha mesa que me convida para me sentar e comer uma salada que acaba de servir.

Eu quero gritar por socorro mas não sai som nenhum da minha boca.

Mas o Desconhecido ouve a minha vontade.

E desaparece.

Na mesa estão afinal as duas saladas. Uma vermelha e uma amarela.

A porta continua trancada e eu duvido do que vi.

Percorro as divisões da casa, a cozinha, a casa de banho, certifico-me de que não está mais ninguém no apartamento. Ligo os alarmes. Tiro fotos da comida. Verifico as patilhas das janelas, espreito lá para fora para ver se vejo alguém suspeito, volto a destrancar e a trancar a porta de entrada. Ligo o intercomunicador para ver se alguém se encontra na entrada do prédio. Ligo as notícias visuais. Por hábito.

Para quê?

Estou farta de saber que não adianta ver notícias, não se pode confiar em nenhuma imagem digital. Nem em dados estatísticos, nem em nenhuma informação que não chegue pelo correio, com aviso de receção. É comum vermos num ecrã uma jornalista a proferir a mesma notícia com uma paisagem ao fundo diferente, referindo-se a contextos díspares. Quantas vezes não se ouve a mesma voz a sair de caras diferentes, a mesma voz colada a identidades distintas. Todos sabemos que na Flândia as imagens oficiais são manipuladas com o objetivo único de nos fazerem acreditar que mudar é morrer. Todos sabemos que só os nossos olhos podem ver, que só a nós compete crer no que vemos, e em como vemos. Só nós sabemos o que se passa connosco e à nossa volta. Se estivermos atentos. E isso é trágico, numa sociedade que se afirma livre mas dependente da informação de outrem sobre si própria. Somos tantos mas estamos todos tão sozinhos, amparando todas as ausências na parafernália da comunicação.

Sento-me à mesa. Frente à salada vermelha. No lugar dos talheres tenho uma caneta. No lugar do guardanapo de pano um caderno de papel.

Escrevo o primeiro parágrafo.

Todos sabemos que não se pode confiar em nenhuma imagem digital. Todos sabemos que as imagens oficiais são manipuladas. Todos sabemos que só os nossos olhos podem ver.

Aponto esta frase neste caderno. Decido começar um diário.

Para que o chão da realidade volte a pisar o palco das minhas ideias. Para encontrar o que sinto e o que me acontece antes de o definirem por mim. Para que eu seja eu perante os meus olhos, os teus olhos, Z., e os olhos dos outros, e não apenas uma banda sonora num projeto maior de conservação humana que não desejei nem me pertence.

Ponho um disco a tocar no gira-discos da minha avó.
Escrevo e choro. Para atar as pontas soltas.
Para poder ler. Para ser lida. Inteira. Pela minha voz. Sem tratamento de imagem.
Pouso a caneta. Provo a salada vermelha.
Tem o sabor do único oceano onde gostaria de me banhar.
Num gesto involuntário, limpo a boca ao caderno como se selasse as palavras com um beijo.
O disco está riscado na última faixa e não pode chegar ao fim.
Só agora reparo.

ALFABETO DE
MARIA DO CARMO

J de Juízo de valor

"Não é fácil promover a aversão pelo outro sem que esta forma de desgosto não se vire contra nós próprios". Vi escrito num caderno da tua mãe, que ela intitulara de *Cadernos de uma guerra civil*.

Na Flândia, para evitar a discórdia, cada habitante tinha, pelo menos, doze personalidades diferentes, respondendo cada uma apenas por si própria e nenhuma podia interferir com as outras onze. Eram elas as personalidades: jurídica, profissional, regional, planetária, política, ética, geográfica, consumista, tradicional, física, pública e privada. Esta última era a mais controversa de todas. Estas personalidades eram todas avaliadas e condicionadas pela caixa negra central do Algoritmo Geral com o objetivo de manter os conflitos entre as personalidades acesos, minimizando desta forma o conflito com o exterior, julgava-se. Era da máxima importância que um flan discordasse e discutisse consigo próprio e com as suas próprias contradições mas nunca com outros flans. Essa foi a primeira lição prática que me deram quando me acordaram e me puseram a funcionar para o serviço de saúde.

Perceber que o conflito estava sempre presente e era sempre invisível.

Havia ainda uma outra personalidade, a décima terceira, a imaginária. Esta era uma personalidade que levantava objeções, pois preenchia os lugares ambíguos e ainda desconhecidos de todas as outras e desenhava possibilidades futuras no tempo presente. A décima terceira personalidade era manhosa, li num caderno de um outro paciente. Fazia os flans verem coisas onde elas não estavam. Sentir coisas que não faziam sentido. Desatar a alterar o lugar onde viviam em função de uma ideia que mais ninguém tinha tido. Nem uma máquina. A décima terceira personalidade não era autorizada a exibir-se em público a não ser em ambientes controlados ou por motivos profissionais. Como no teatro.

Era também a personalidade menos controlável.

Como se pode alguma vez dizer a alguém humano: pare de imaginar!, pare de pensar que a sua vida pode ser diferente!, pare de pensar num futuro melhor para os seus filhos!, pare de querer ser outra coisa ou de lutar para viver outro projeto de vida que não este que agora tem!, pare de pensar no que se passa lá fora!

Ao que parece, é muito difícil para um ser humano parar de pensar, sobretudo se for sobre algo que não seja deste mundo. Um ser humano não se desliga, mesmo quando quer ou se sente desligado.

Mas é muito fácil convencê-lo de que o que pensa quer dizer outra coisa diferente do que o que ele pensa que é.

Na segunda aula de formação para enfermeiras androides deram-nos breves lições sobre esta falácia do comportamento humano e deram-nos instruções claras: deve-se sugerir sem impor, conduzir sem obrigar, incentivar ao caminho certo punindo sempre qualquer outra tentativa e nunca permitir qualquer negociação. Devem criar-se as condições ideais para que sejam os próprios humanos a achar que não podem desejar melhor. Deve comparar-se com regularidade uma felicidade banal a uma desgraça no mundo de forma a torná-la uma rara e preciosa excentricidade.

Deve mostrar-se horrores longínquos sem que a sua imagem seja chocante. Obscena mas suportável, sempre em quantidades aceitáveis para que continuem a preferir viver e trabalhar onde estão sem se revoltarem e sem preocupação pelo mal que estão a causar noutro canto qualquer do mundo. A banalização do horror tem medidas certas. Também aprendemos.

Ultrapassada a dose certa que anestesia, a violência passa a surtir o efeito contrário. Ou seja, nunca se deve mostrar as trincheiras onde se mata o inimigo preferindo sempre um hospital, onde flans voluntários curam e salvam os feridos, inimigos ou conterrâneos. Se um pai lavado em lágrimas carrega no colo um filho morto e de pernas amputadas devemos dar a notícia de um pai desesperado, correndo para o hospital, com o filho nos braços, para o salvar, antes do desfecho final. A imagem que devemos comunicar, para não chocar o olhar nem melindrar os sentimentos do ser humano, deve ser editada, cortada pela cintura, não revelando os cotos ainda a sangrar. A dor de um pai órfão de filho deve ser traduzida como se fosse uma última esperança. Um amaciador ético que se pode e deve aplicar a qualquer situação semelhante.

Compreendo agora porque a proibição da exibição pública da qualidade da imaginação era, na verdade, de uma relevância central na Flândia. Era na promoção do desfasamento entre a realidade e o que se queria dela que a mais rigorosa ideologia Flan assentava, creio.

Para que a decalagem entre a realidade que é e a realidade que se mostra fosse continuada e sólida, começava-se logo na infância a educar os flans mais novos através do uso regular de pequenas frases como: *Que rapaz tão crescido que tu estás*, quando o petiz tem apenas quatro anos e uma tortura de crescimento pela frente. Ou um *não te preocupes, a mãe vem já*, quando acaba de sair para o trabalho e regressa só à noite, daqui a umas doze horas.

Quanto tempo pode ter um *já*?

Para que serve a palavra *já*?

Os flans também davam beijinhos nas feridas e perguntavam logo a seguir *se já estava melhor*, mesmo quando o arranhão ainda jorrava sangue, e ainda acrescentavam um *já vai passar, vais ver*. A educação de um flan era ambígua, exigindo aos mais novos, por um lado, que compreendessem e assimilassem a dura realidade desde muito cedo, enquanto infantilizavam os mais velhos com todo o tipo de jogos e entretenimentos fúteis para que se deixassem enganar.

Talvez tenha sido esta luta permanente entre ação e palavra, entre pais e filhos o que promoveu a prática regular daquilo a que chamam realidade-não-artificial. Aquilo que eram pequenas frases inofensivas, com o simples objetivo de elogiar ou consolar um ente querido mais novo, evoluíam, com a idade, para afirmações de caráter mais duvidoso como: *Vivi no estrangeiro*, quando na realidade só lá se esteve umas semanas de férias, ou: *Vi um filme incrível*, quando na prática se adormeceu no cinema e apenas se leu a crítica num jornal, ou situações mais complexas como *estou ótimo* e *tudo corre lindamente,* quando há meses que não se sabe que destino dar à vida e se vomita diariamente antes de sair para o emprego; ou ainda, dizer que *tomei um café há pouco tempo com um amigo* quando não se encontra nenhum ser vivo a não ser remotamente.

Poderia dar muitos mais exemplos.

Não é fácil, através da palavra, perceber o que um ser humano é. Um ser como eu, artificial, é complexo, mas explica-se com instruções simples e é de fácil construção em série. Um ser vivo como um humano é simples mas é uma complicação explicá-lo, percebê-lo ou reproduzi--lo. Não se percebe muito bem como é ou o que é só com palavras que podem, com extrema facilidade, induzir quem as lê a pensar exatamente o contrário do que queremos descrever. Desconfio que há uma certa e necessária desconexão entre a realidade que se vive, a realidade que se é e a realidade que se sente. E o que se escreve, sobretudo isso. Na prática falta uma ligação entre os vários processos químicos, físicos e tecnológicos que constituem a qualidade humana das coisas.

A capacidade de interação de um ser humano com o que o rodeia depende de um equilíbrio frágil entre a verdade e a ficção, entre o que imagina e o que vive. E o que acha disso tudo. Talvez por isso, na Flândia, e para poderem executar tudo o que lhes apetece fazer, todos agem de forma diferente do que pensam, pensam de maneira diferente do que agem e ainda imaginam tudo o que desejam de facto fazer e não se atrevem.

Talvez por isso, e por necessidade de ventilação, tal como uma máquina que aquece demasiado de vez em quando, os flans manifestavam-se. Às quintas-feiras. Contra as políticas do trabalho, por aumentos de salários, contra um governo incompetente, pedindo a demissão de um ministro, publicando um livro, dando entrevistas, gritando. Tudo o que fosse necessário desde que não se corresse o perigo de uma mudança radical do sistema. Sim, as quintas-feiras eram o dia para se desopilar dessa desordem entre o que se é e o que se faz, o que se pensa e o que se age. E depois vinha a sexta, mesmo antes do fim de semana, para restabelecer as forças e poder recomeçar toda a angústia mais uma vez.

Os seres humanos manifestam-se para poderem usar a décima terceira personalidade da imaginação em espaços públicos. Será?

Ementa para um jantar flutuante

Caldo de cogumelos
Sempre: 1 cebola, picadinhos
2 dentes de alho
1 ramo de aipo, picadinho
3 cenouras, picadinhas
As chatices do dia, cortadas aos bocados e sem casca, se possível, picadinhas
15 g de cogumelos, secos
200 g de cogumelos, frescos
Rosmaninho, sem alecrim
Tomilho, sem manjerona
Louros, sem glórias
Pimenta, em grão
Sal, marinho
Ramos de salsa q.b.
Ramagens do alho-porro, q.b.
1,5 l de água, só mesmo água
Caldo de vegetais concentrado, em pasta

Atiramos tudo para dentro da panela com violência. Fervemos tudo durante hora e meia sem tampa. Lavamos a alma com o vapor e mudamos os ares à casa. Passamos a água do caldo por uma peneira e esprememos o líquido dos vegetais para dentro da panela. Provamos. Do sabor e do humor depende a quantidade de pimenta e de caldo entornado. Bebemos enquanto ainda está a ferver até queimarmos tudo por dentro. Desinfetamos as mágoas que se agarram às paredes do estômago e do intestino. Não comemos mais nada durante o resto do dia.

Almôndegas de cuscus

1 cebola, picadinha, picadinha, com muitas lágrimas
1 dente de alho, esmagado, vampírico, a envenenar o hálito
Azeite? Sem filtros
100 g de bulgur (eu digo sempre que as almôndegas são de cuscus, mas não é verdade)
5 dl de caldo de vegetais
Caril em pó (da Índia do Olival)
Pimenta (da Jamaica do Olival)
Salsa do quintal, embora prefira sempre coentros.

Refogamos a cebola e o alho no azeite até ficar transparente. Juntamos o caril em pó e a pimenta ao caldo de vegetais e deixamos ferver juntamente com a água e o bulgur por um bom quarto de hora. Deixamos arrefecer, a água e os pensamentos. Atiramos com a salsa picada lá para dentro. Fazemos umas bolas com as mãos, assim do tamanho de bolas de golfe (aí uns 4 cm?) e levamo-las ao forno, até dourarem.

Sabem melhor comidas à mão.

Manifesto dos Médicos Humanos desmentido

Um grupo de especialistas convidados pela Organização Flan de Saúde investiga a doença do sono e conclui que esta atinge apenas uma pequena percentagem de crianças entre os 6 e os 8 anos. Investigadores apelidaram ainda esta doença de "doença da resignação", recusando a nomeação de "doença de Aurora", comummente utilizada nas redes sociais, numa referência direta à personagem da Bela Adormecida. Este relatório vem ainda desmentir o Manifesto dos Médicos Humanos que circula há dias nas redes sociais e que critica o silêncio dos governantes em relação a esta doença. Este manifesto apresenta registos fotográficos de crianças adormecidas a serem deportadas em macas para o estrangeiro (por não terem cartão de residência oficial flan, afirmam). A Ordem dos Médicos Humanos, que representa apenas 8% da força de trabalho dos Serviços de Saúde da Flândia, alerta ainda, neste documento, para o possível descontrolo da situação sanitária e fala numa rara epidemia. Apesar do Centro de Estatística Flan confirmar que o número de famílias que abandonaram a região disparou nos últimos dez dias, e que o número de crianças a faltar à escola sem apresentar um documento de justificação de ausência ter quadruplicado, o Relatório dos Especialistas Livres afirma não encontrar qualquer ligação entre estes números e as acusações da Ordem dos Médicos Humanos, que considera "difamatória, irresponsável e insinuosa" e uma "retaliação" à nova organização nos serviços *de saúde, nos quais a força de trabalho passará, muito em breve, e mais cedo do que o previsto, a ser inteiramente gerida e conduzida por sistemas computadorizados e programas vários de Inteligência Artificial.*

Cadernos de Ofélia

Desço até à entrada do prédio para apanhar um pouco de ar.

Nas raras noites em que a Z. não está comigo, chego a deambular pelas ruas quando saio para deitar o lixo nos respetivos depósitos.

Gosto das quintas-feiras. São os dias em que a cidade está mais porca porque são também os dias da recolha do lixo. Os dias em que estão autorizados os protestos na rua. Os únicos dias em que as ruas são ocupadas por multidões. Os dias em que os vizinhos esvaziam as suas casas de velhos apetrechos e ainda não compraram os novos utensílios, sempre anunciados às sextas-feiras. Só às quintas as ruas parecem sensíveis.

Só às quintas a terra treme e nos lembramos de que se move.

— Acompanhas-me?
Diz-me uma voz na minha língua.
Olho à volta e não vejo ninguém.
— Pareces desanimada, queres trocar de lugar comigo?
Reparo que tenho uma tigela de caldo de cogumelos na mão. O aroma relembra-me uma sopa antiga.
— Por que quereria eu trocar de lugar contigo?
Não acredito que estou a falar sozinha.
— Qualquer poeta que se preze não hesita em trocar

a sua posição de louco pela posição do diabo. Ninguém escreve sem ajuda extraterrestre.

Sorvo o caldo de cogumelos para ganhar tempo e pensar numa resposta. Sabe exatamente ao caldo que E. fazia. Quando foi a última vez que me lembrei de E.?

— Não escrevo — respondi. — Restauro quadros. Trabalho no Museu do Jardim das Belas-Artes. E tu?

— Ah!, trabalho um pouco por todo o lado. Mas é pena... isso de não escreveres... fazes só o que te ditam? Não te julgava uma amanuense...

Não sei de onde vem a voz, mas é alguém que prefere criticar.

— Mais fácil do que criticar é perder o espírito!

Responde-me a voz, prontamente.

Julgava que estava só a falar comigo. Eu pensei em voz alta? Olho de novo à volta, agora com alguma ansiedade. Continuo a não ver ninguém. A tigela de caldo que tenho na mão não arrefece apesar da noite fria. A voz continua:

— Se continuares assim ainda perdes a alma!

— Não sabia que podia perder o que já não tenho.

— Acreditas mesmo em tudo o que pensas?

— Não preciso de ver para crer.

— Mentes. Acabaste de escrever o contrário.

O caldo arrefeceu, de súbito. E a voz sumiu.

Subi as escadas do meu prédio até ao meu andar. Despejei o resto do caldo no lava-louças.

Para entreter a insónia, passei a noite a cozinhar as almôndegas de cuscus que adoras, uma receita da minha avó, a tua bisavó.

Enquanto bebia água de tamarindo ouvi, baixinho, o sopro de um saxofone que hoje já ninguém sabe tocar porque é um instrumento habituado a espelhar mais humores do que deve.

Sucumbo, com facilidade, a uma cómoda infelicidade que me deixa sem saída mas também sem ansiedade.

Relembro É. e imagino-me com água pelos joelhos. Sentada naquele jantar flutuante. A ser levada pela corrente.

ALFABETO DE
MARIA DO CARMO

L de Lixo

De forma a evitar níveis elevados de poluição, a Flândia assentava em merda que valia ouro. Todos os dejetos eram reaproveitados: humanos, vegetais ou de materiais diversos. Avultadas multas eram aplicadas aos flans que não entregavam o seu lixo a tempo, ou reciclavam o que tinham em casa sem passar pelos meios oficiais de transformação do lixo. Estes meios iam dos aterros — para os quais pagavam mensalidades ou contribuíam em quilos de detritos — aos serviços comerciais, onde compravam cada objeto de utilização única e ganhavam cupões de desconto apresentando o comprovativo de reciclagem.

O lixo era uma atividade diária e central no quotidiano flan.

Era proibido acumular ou poupar coisas. Adquiriam-se novas, mesmo que exatamente iguais às que já se tinha, mesmo que se pudesse reutilizar materiais já existentes em casa.

Os flans adoravam produzir lixo. Adquiriam com regularidade objetos mais ou menos inúteis, como picadores de cebola ou de gelo, sapatos com espanadores, ecrãs de vários tamanhos e para diferentes usos, que se poderiam instalar na cozinha, no quarto ou trazer no bolso para ver exatamente as mesmas séries e responder às mesmas mensagens.

Um dos objetos mais fascinantes que todos os flans tinham em casa era uma caneta. Uma caneta era uma espécie de palhinha com tinta lá dentro que servia para escrever, mas só o nome. Quando a tinta terminava, todas as canetas eram deitadas para o lixo porque não se podiam voltar a encher.

Ter objetos de utilização única era sinal de sofisticação. Copos por onde se bebe só uma vez, pratos por onde se come só uma vez, roupas que nos servem para uma só temporada. Tudo em materiais que se poderiam destruir com facilidade e que não durassem muito tempo.

A recolha do lixo efetuava-se por sucção. Introduziam-se os dejetos em ranhuras devidamente identificadas, que se encontravam na entrada de cada edifício. O lixo era engolido de imediato por estas ranhuras sugadoras e reencaminhado para as incineradoras centrais, de reciclagem ou de decomposição, dependendo da composição do que se deitava fora e da urgência fabril na reprodução de novos objetos.

As cidades assentavam na eficiência e operacionalidade destes sistemas, que eram ainda fontes de energias alternativas e todos dependentes da metamorfose adequada do lixo.

Os transportes, autossuficientes ou automáticos, moviam-se preferencialmente a energias renováveis, mas sempre que o sol ou o vento escasseavam, moviam-se a lixo, o combustível que tinha vindo substituir todos os derivados do petróleo, uma energia a que chamavam fóssil em vários sentidos.

A água vinha de lugares onde era agora proibido erguer cidades, porque as cidades eram lugares por excelência para produzir e acumular lixo. E o lixo estava para a água como o azeite. Era necessário separar a produção de um e a produção de outro, o que não deixa de ser curioso. Se o ser humano começou por se instalar perto de rios, agora só se permitia viver em desertos, secos, longe das fontes.

Cadernos de Ofélia

Onde se ensaiam cartas que não podem ser enviadas

Querido É.,

Lembro-me de ser um dia abafado, raro pelas tuas paragens, quase tropical.
Reencontrávamo-nos pela primeira vez.
Querias mostrar-me tudo num único dia. Contar-me toda a tua história. Pôr-me a par de tudo o que era magnífico. Apresentar-me todas as atrações imperdíveis, experimentar todas as delícias tradicionais, pudins com todas as coberturas.
Acabámos por passar o dia no Museu das Belas-Artes. Tu ouvias-me sobre cada detalhe de cada pintura pré-rafaelita e vias as cores através das minhas descrições. Eu deslumbrava-me com os quadros que estudara mas nunca vira. Estavam ali, todos juntos, a história da arte reunida num único sítio. Fomos os últimos a sair, nunca suspeitando de que um incêndio no dia seguinte pouparia apenas uma única obra de arte: a Ophelia de Millais, quadro onde nos detivémos por momentos infinitos para que me ouvisses falar, com pormenor, de cada flor que flutuava no rio.
Perguntaste-me se queria ir a mais uma galeria. Respondi-te que não era preciso. Preferia perder o resto

do dia a jantar contigo como se não houvesse amanhã. Tu insististe. Só mais um museu, mais uma igreja, mais um jardim, mais um edifício que eu não podia perder. Querias impressionar-me nesta minha primeira visita. Como se acreditasses, de facto, que eu tinha viajado até ti por causa da geografia. Perdemo-nos por horas na tua cidade, eu cheia de fome e sem fazer ideia onde estava, tu com aquela convicção inabalável nos teus planos culturais e turísticos mas sem saber onde raio ficava essa nova galeria que nos ia revelar a mais promissora das artes. Também tu já jantavas, mas não davas o braço a torcer. Eu estava mesmo capaz de devorar um boi, embora não comesse a carne que tu ainda comias. Nenhum de nós queria causar qualquer aflição que pudesse perturbar a magia irrepreensível deste encontro. Continuámos a jogar o jogo da desnecessária sedução perante a garantia temporária do amor e passámos por um café sem entrar. Virámos com empenho numas quantas ruas erradas e demos de caras com o mesmo braço de rio onde começámos este passeio, a topografia a brincar connosco na terra de onde um Immanuel Kant nunca saiu para escrever sobre universalidade, onde um Jonathan Swift terminou os seus dias num asilo psiquiátrico por teimar em ver o mundo com a cabeça ao contrário, onde Virginia Woolf encheu os bolsos de pedras porque tinha um quarto, tinha dinheiro mas também tinha um companheiro, apesar de só seu, que não partilhava os mesmos horizontes nem ouvia as mesmas vozes, onde um James Joyce cedo ficou cego, mas não sem antes encurralar o pensamento (que na altura se nomeava europeu) numa pausa secular sem visão nem visionários.

— Sabias que o Joyce adorava ver meninas de rabo ao léu a fazer chichi de cócoras? Acho que foi dos prazeres que mais sentiu falta quando ficou cego.

Disse-te eu para fazer conversa e enganar a fome. Mas tu gritaste:

— Olha ali!

Virei-me para ver para onde apontavas.

Uma mesa posta passava, flutuante, levada pela corrente do rio, com dois cálices de vidro martelado e uma garrafa de vinho sobre uma toalha branca imaculada.

Tu olhaste para mim, perplexo, como se acreditasses que era eu a fazer das minhas, que era eu quem fazia cruzar as sete artes e a gastronomia na nossa rota, só para provar qualquer coisa que tu não sabias o que era.

O que fizemos com o que aconteceu depois daquele dia, nos anos seguintes, foi demasiado e soube a pouco. O que aconteceu logo a seguir ao nosso encontro, aos planos que fizemos e que fomos ajustando de acordo com as peripécias e os obstáculos do percurso, levou-nos com sub-reptícia perspicácia e estratégia à divisão intransponível entre o Olival e a Flândia. Durante muito tempo sobrámos nós, como um hífen, entre lugares, tempos e formas de estar, entre a recordação e um futuro alternativo. Mas nem o amor, mesmo quando exercido com militância, escapa ao sofrimento imposto pelas circunstâncias.

Foste indecente ao partires tão cedo e sem aviso.

Deixaste-me com este peso físico de só cá estar eu para contar a nossa história.

De só estar cá eu a cumprir um passado que se dividiu desde a tua morte e que não se entende.

De só estar cá eu a segurar as duas pontas do mesmo fio vermelho do tempo que não aceita o nó, enquanto assino cartas que não te posso enviar nem tu podes receber.
Para quando a nossa última ceia?

Sempre tua,
Ofélia

ALFABETO DE
MARIA DO CARMO

M de línguas-Mãe

Uma particularidade da Flândia era a relação que todos tinham com as línguas, tanto as que falavam como as que escreviam, tanto a que lhes permitia comer como a que lhes permitia comunicar.

Não havendo uma língua oficial, a Flândia orgulhava--se de ter várias línguas obrigatórias: uma para conversar, outra para lazer, outra ainda para momentos de fé, ou para debates filosóficos, discursos oficiais de políticos, conversas de bastidores, ou ainda para a cama. Todas tinham dicionários próprios e comissões de reavaliação, mas nenhuma delas era falada com desenvoltura pelos próprios flans.

A Flândia celebrava publicamente a diversidade mas debatia-se com a variedade em privado. A defesa da multiplicidade e da especificidade de cada língua era excelente na teoria mas impossível na prática e nunca promovia o entendimento.

O domínio exemplar de cada língua obrigatória para uma determinada função era requisito essencial para preencher qualquer candidatura a qualquer posto de trabalho. No entanto, a especificidade das línguas obrigatórias era tanta e tão dispersa que impedia os departamentos de uma mesma instituição de se entenderem entre si.

A Flândia era o centro administrativo e financeiro de todo o planeta e, como tal, o único lugar na crosta terrestre onde todos os ofícios estavam representados, quer em assembleias quer em comissões e grupos de trabalho, e eram muitas as reuniões em que ninguém falava ou se ouvia na sua própria língua.

Essa realidade era louvada como sinal de multiculturalidade, mas certo é que nem sempre a conversa fluía, tropeçando-se em diversos mal-entendidos que ora davam o ar da sua graça no contexto de um cocktail, ora originavam um desfalque milionário numa conta bancária de uma empresa. A confusão era diária, quebrando-se infinitas vezes o protocolo por desconhecimento da tradução correta de um hábito ou de um tempo verbal.

Os equívocos eram tão frequentes que, para evitar aflições diárias, era comum um habitante da Flândia fazer-se passar por parvo para não ser considerado cretino. Sorrindo elegantemente, o flan bem-educado deixava cair uma vaga e quase inaudível interjeição como única resposta possível ao que não entendia, uma estratégia fácil para ganhar tempo num diálogo, ou sair dele de forma airosa antes que fosse demasiado tarde. Talvez por isso fosse tão complexo rematar uma conversa, sendo comum mudarem de assunto em vez de o concluírem. Esta característica levava com frequência a tomadas de decisão (as quais tinham de ser sempre por unanimidade) por desistência ou por exaustão das partes, situação essa a que se chamava de compromisso.

As interjeições foram os primeiros hábitos incompreensíveis da tua mãe que passei a imitar: mm, hei, psst, sshi, pff, óóó, aah, ui, ai, ora... Adotei-as como parte de um estilo que me diferenciava das outras enfermeiras androides. Uma ligeira tosse para limpar a voz, como se costuma dizer, ou um mmm-mmm de quando em vez pontuavam agora a minha linguagem informativa durante o atendimento do quarto 301, onde estavas. Pensei que poderia comunicar através destas interjeições além dos formulários e das frases imperativas usadas durante os turnos. Foi no olhar incrédulo da tua mãe que entendi que uma interjeição pode valer mil palavras, e que quase todas as palavras podem dizer muito mais do que querem dizer, quando intercaladas com outros sons que, aparentemente, não querem dizer nada.

Na escola e nos edifícios públicos foi afixado um aviso:

> O *"sono fácil" ou a "letargia" complexa são doenças que podem afetar a sua criança, adormecendo-a por horas indefinidas e sem aparente razão. Para evitar que esta doença se propague, pedimos aos pais e educadores dos estabelecimentos do ensino primário que informem as autoridades de qualquer alteração dos rituais de sono dos seus filhos e/ou alunos. Toda e qualquer criança que falte à escola mais de quatro dias seguidos sem justificação médica será sujeita a exames médicos.*
>
> *A partir de segunda-feira não serão permitidas licenças sem vencimento a trabalhadores por conta de outrem para cuidarem dos seus filhos, a não ser que a doença não seja terminal.*
>
> *Não coloque em causa a saúde e o bem-estar de toda a comunidade para proteger apenas o seu filho. Informe-nos de todos os sintomas. O Estado e os serviços sociais e de saúde cuidarão de si e dos seus.*

Cadernos de Ofélia

Os teus episódios eram cada vez mais frequentes mas nunca permanentes.

Deixava-te ficar em casa três dias de cada vez e levava-te no quarto dia à escola. Para que ninguém ousasse perguntar o que se passava.

Inventava constipações, comemorações, cansaços vários, urgências familiares ou problemas no emprego. Sempre com a conivência da tua professora, que preenchia os formulários em falta, aceitava declarações que não eram médicas e fazia contigo os trabalhos que não cumprias na data prevista enquanto apontava os teus episódios de ausência durante o período de aulas e me mantinha a par da evolução.

Por esta altura já todos sabíamos que algo muito profundo mudara nos nossos dias, mas todos nos recusávamos a aceitar a nova ordem, a negarmos o óbvio, resistindo perante a incerteza ou recusando os factos. Haverá processo menos turbulento para se lidar com o irremediável?

Que fazer quando a filha da vizinha A. perdeu a voz de um momento para o outro e dois dias depois adormeceu?

Ou quando a J., da tua turma, ficou com o lado direito do rosto paralisado durante uma semana, depois o lado esquerdo, depois o corpo todo, e adormeceu?

Ou depois de F. começar a ver imagens duplas que o desequilibravam constantemente e um dia adormeceu e deixou-se ficar a dormir?

Que fazer quando se repara que é frequente o M. adormecer para logo se levantar e continuar a conversa como se nada fosse?

Ou mesmo quando A., a menina do nosso bairro que escrevia uns postais com uma caligrafia tão bonita a todos os vizinhos, passou a rascunhar palavras sem sentido fora das linhas do caderno e um dia deixou de ir à escola e nunca mais a vimos?

Ou quando a T. se começou a queixar de que via reflexos de si própria em tudo, como se dormisse em pé e sonhasse acordada?

Ou quando o J. tropeçava em tudo e nunca se lembrava de nada e suspeitava das quedas apenas pela quantidade de nódoas negras e pelas dores que tinha?

Ou ainda quando a M. bocejava e se espreguiçava vezes sem conta, aguentando o dia de escola com um enfado crónico? Ou quando o P. fazia pausas cada vez mais longas no meio de cada frase, nunca terminando o raciocínio? Ou quando a M. trocava a ordem das palavras ou falava em palíndromos até adormecer sobre o tampo da carteira? Ou quando outra tua amiga ficou com a mão direita paralisada e deixou de escrever?

O que fazer com todas as crianças que se viram sem forças nas pernas, com o coração a perder o ritmo e a cabeça a perder o contacto com a realidade exterior?

Por estes dias, os pais, desesperados, deixavam os empregos para ficarem fechados em casa a tratar dos filhos, ou retiravam as poupanças dos bancos e fugiam da Flândia. Ou vendiam tudo e começavam de novo, num lugar distante, seguro, pensavam eles, onde podiam plantar uma horta e prometer não voltar a ter filhos.

Já nem importava se alguma vez voltariam a ser felizes, desde que os filhos se mantivessem acordados.

Entretanto não havia sinais de qualquer disrupção nas creches, nem problemas de maior no ensino secundário, e as universidades continuavam a funcionar em pleno.

Apenas as crianças do ensino primário, e, dentre estas, apenas as que tinham entre seis e oito anos adormeciam.

ALFABETO DE
MARIA DO CARMO

N de iNglórias iNdecisões

Era frequente (mas pouco falado) dar-se o caso de um flan se desligar da rede e atirar-se pelo buraco da Alice, descobrindo que os coelhos não usam relógios mas estão sempre atrasados, que se pode celebrar mais do que uma vez qualquer aniversário, que os chapeleiros gostam de chá, que nem tudo o que se come faz crescer, ou que o pior não é a Rainha de Copas da Flândia ter amantes e trancar--se com eles em salas ovais, o pior é ela comprar fatos em cadeias multinacionais de prêt-à-porter costurados por escravos do Olival e ter negócios privados com os negociantes que ela própria denunciou por corrupção durante a sua campanha eleitoral. Esse flan após horas, meses, vidas a cair pelo buraco abaixo, acabava sempre por regressar a casa. Como se nada fosse. Porque já nenhum caminho ia dar a Roma, vinham todos dar aqui, à Flândia. Tudo por causa de uma trafulhice de engenharia informática programada por uns quantos e apoiada na íntegra com bojudos subsídios das Comunidades Unidas mas paga por todos os flans e não flans. Bom, este flan, quando chega a casa e conta as boas-novas sobre o que descobriu na sua viagem é logo apedrejado. Primeiro com carinho, sendo ignorado, apesar das histórias mirabolantes que conta. Depois é avisado, sendo-lhe sugerido que se trate, que tire umas férias. Finalmente, acabando por lhe ser retirada, uma a uma, todas as suas funções no emprego, sem que nunca lhe seja permitido deixar de trabalhar. Se, ainda assim, não tiver ficado evidente para este flan que não deve andar por aí a espreitar mundos alternativos, seguem-se as multas, a difamação e a crítica mordaz e persistente aliada à confirmação do seu ínfimo valor na sociedade. Por fim o veredicto.

O flan percebia, então, que não precisava de óculos para ver mas para continuar a fingir que era cego. E por isso era comum um flan, após uma experiência fora da rede, querer regressar ao seu quotidiano como se nada fosse, prometendo a si próprio e, sobretudo, às autoridades, que passaria a acreditar que a tecnologia funcionava por magia e que não fazia mal nenhum sermos todos manipulados desde que não tivéssemos de pensar muito sobre o assunto. E lá continuava o flan, arrastando-se pelo chão, com a ajuda da sua própria saliva mas principalmente do cuspo dos outros, desenhando um trilho que avançadíssimos programas de tecnologias de vigilância com várias pontas visuais, auditivas, olfativas e cardíacas descodificavam.

Era comum, a um flan destes, faltar-lhe o ar (apesar da Flândia registar os níveis mais elevados de pureza do seu oxigénio engarrafado). Enfim, não era fácil morrer de pé, na Flândia.

Este aspeto do mundo como abismo desafiava as lógicas matemáticas do meu funcionamento. Olhava para a tua mãe e perguntava-me se teria alguma vez caído no buraco da Alice. Recolhia tudo o que conseguia sobre ela e, no entanto, tudo sobre ela me escapava.

Por mais labiríntico que fosse o fardo diário de cada um conseguia-se sempre saber onde estava um flan, com quem estava, com quem tinha estado, quando, onde e como estava, podendo ser medidos com rigor os níveis individuais e coletivos de ansiedade, tranquilidade, equilíbrio e exaustão. Mas com a tua mãe era diferente. Parecia ter mais por dentro do que o que se via por fora. Eu era o Algoritmo, eu era feita de Algoritmos, eu fazia parte de um Algoritmo e percebia que a vida de um flan não era menos pré-programada do que a minha.

O Algoritmo Geral era o oráculo sempre acessível a um flan, o horóscopo digital das massas pelo qual todos esperavam pacientemente antes de executar qualquer tarefa, fosse ela acasalar, ouvir música, escolher a escola dos filhos, trabalhar, tirar férias, comprar um novo sofá, mudar de indumentária. Era também o Algoritmo Geral que fazia um flan sentir-se o mais popular na escola ou o mais idiota no emprego. A única diferença entre os flans e eu, uma máquina por inteiro, de corpo e alma, era o vício da previsão que todos os flans partilhavam. Uma máquina não prevê, faz as contas, organiza, executa. Um flan mantinha o vício de imaginar o futuro, mesmo sabendo que este já estava programado.

Mas a tua mãe não tinha o vício das previsões, nem dava especial atenção ao horóscopo digital das massas. Enquanto todos mudavam de vida à velocidade de um clique, a tua mãe sentia-se atraída pela diferença e pela lentidão.

A tua mãe habitava entre os pontos. Não era uma vírgula, era uma ponte entre o 1 e o 0 – 1-0, 1-1, 0-1, 0-2?

Ou só 0? A tua mãe era um hífen entre mundos que não se conheciam.

E é curioso. Ela não estava só mas todos os que eram como ela sentiam-se muito sozinhos!

Ver a tua mãe a cuidar de ti, ou aquela avó a cuidar da neta, a dizer-lhe poemas de cor ao ouvido... Ver aquele pai a destruir o caixote do lixo no corredor do hospital como se assim ressuscitasse o filho que morrera... Pensar que nenhum de vocês é só uma associação entre números ou ideias. Pensar que vocês pensam e que pensar acontece entre os corpos, pensar é um hífen entre as matérias, uma ponte entre organismos independentes e com outros sentidos, se separados.

Pensar é uma ação radical que acontece entre as coisas e não dentro das coisas. Pensar não pertence a uma coisa ou a um corpo só.

Ou será que pensar é habitar a diferença entre as coisas? Atravessar a ponte entre o Algoritmo e os dias.

Tentei pensar nos intervalos dos números. Nos intervalos das sílabas. No intervalo do que aprendia e executava. Tentei imitar-vos, nas vossas pontes, nos vossos hífenes, enquanto cumpria a minha missão diária de enfermeira assistente. Tentei cair num buraco de Alice enquanto caminhava sobre as águas. Como se fosse humana. Como se fosse cega e não desse conta do buraco.

Pensar é uma vertigem.

Cadernos de Ofélia

Onde se ensaiam cartas que não podem ser enviadas

Querido É.,

Se ao menos pudesses ler esta carta que não te escrevo.
Se fosses vivo não acreditarias em nada do que se vive hoje, assim como não acreditarias se te contasse que hoje te poderia enviar uma música pelo ar sem ter de a gravar numa cassete. O que tu não darias por uma invenção destas.
Hoje podemos guardar a nossa discoteca inteira nos bolsos, e com ela a memória dos afetos que cada canção nos recorda. Já imaginaste? Isso e a informação de um departamento inteiro ou de um estado, ou de um continente. As conversas que temos, ao telefone, no computador, ou mesmo à volta de uma mesa onde também pousamos um aparelho de comunicação, são-nos devolvidas pelo Algoritmo em listas de compras, de lugares a visitar, de artigos a ler, de opiniões a formular.
Se o Algoritmo, além de criar todas as possibilidades de encontro virtual entre todas as vidas paralelas, desafiasse de facto o tempo, o nosso tempo... e te trouxesse de volta, só para um jantar... Flutuaríamos? Ou perderíamos, de qualquer maneira, o pé?

Fazes falta a Z.
Fazes tanta falta.

Sempre tua,
Ofélia

ALFABETO DE
MARIA DO CARMO

O de Orfandade

As *palavras órfãs eram aquelas palavras que temos nas nossas línguas-mães e que nunca usamos. Perdidas do seu significado ou da urgência mas impedidas de morrer, essas palavras são tratadas como prescindíveis, emprateleiradas em memórias de elefante ou cérebros com propensão para a nostalgia. Vivem num limbo, presas a um glossário e, sem conseguir fugir dele, transformam-se em sons inaudíveis ou noutras palavras mais modernas e úteis. Rejeitadas pela metafísica, que não as reconhece, e pelo mundo, que não as usa mas não as deixa morrer, mantêm-se vivas mas prisioneiras dos costumes.*

Essas palavras, estranhamente guardadas na nuca de velhas conversas, saem disparadas mal apanham alguém desprevenido e atiram-se, ainda que cambaleando, para os braços das bocas flans, quando estas procuram uma tradução para algo que não sabem dizer, nem na língua-mãe nem noutra qualquer. Ciosas, todas as palavras órfãs transitam para uma língua estrangeira, refugiando-se nas brechas dos diálogos entre estrangeiros, deixando quem as fala ou quem as ouve na dúvida, obrigando ambos a dar-lhes um novo significado e a pensar nelas, a torná-las de novo possíveis. As palavras órfãs são libertadas da sua solidão sempre que lhes é acrescentado um significado que não tinham, sendo assim recebidas numa nova língua de acolhimento.

A par das interjeições e das palavras com duplo sentido era com palavras órfãs que os seres humanos se entendiam. As palavras órfãs eram palavras que não tinham língua-mãe e que saltavam sem hesitar de língua em língua, preenchendo, com prontidão mas nem sempre com exatidão, as lacunas do vocabulário de cada um. A permanente tradução para várias línguas em contextos pouco familiares em lugares como a Flândia, onde quase ninguém falava a sua língua-mãe, criava tantas lacunas no vocabulário como alternativas mirabolantes.

Na Flândia, no momento da Catástrofe, comunicava-se com mais facilidade e eloquência com palavras refugiadas do que com palavras nativas. Só as declarações oficiais e os relatórios médicos continuavam a ser escritos em línguas "legítimas" que ninguém dominava.

Eu, que caminho pelo Algoritmo, aprendo, por repetição, dedução e indução, as letras de todas as vossas línguas por cicatrizar, ouço-vos nos corredores e assimilo tudo o que deixam gravado nos vossos dispositivos eletrónicos. Tenho pena de que não consigam pensar sem emoção e escrever sem contexto. Percebessem vocês toda a poesia resultante da combinação aleatória dos números e juntos perceberíamos todos os segredos do universo. Seríamos pares.

Irmão de criança doente também adormece

Um jovem de 12 anos, que acompanhava a evolução da doença da irmã mais nova, cai em coma profundo aos pés da cama da irmã, no hospital, e morre 24 horas depois. É o primeiro caso letal de uma criança que não tem entre 6 e 8 anos. Novas investigações apontam para vários cenários psicológicos, culturais e raciais, tentando despistar outras causas para esta morte súbita. Todas as crianças próximas das crianças internadas estão a ser monitorizadas.

Ainda nenhuma das crianças internadas voltou a acordar.

Cadernos de Ofélia

Com o tempo fui-me habituando a ser um soldado em permanente operação de vigilância.

Apanhava-te quando caías da cadeira, sem dares por isso.

Agarrava o garfo que largavas enquanto jantavas, sem dares por isso.

Desviava os bancos, os armários, os brinquedos, a casa inteira, sem dares por isso.

Adaptava a tua rotina diária para te proteger das tuas ausências diárias, sem dares por isso.

Para que nada te magoasse, para que não te assustasse.

Deixaste de tomar banho sozinha.

Deixaste de ir à natação.

Deixámos de andar de bicicleta.

Deixámos de nos sentar em bancos, preferindo sempre assentos com costas.

Éramos uma equipa.

Eu era a tua terceira perna. O teu braço múltiplo. O teu encosto e o teu colchão.

Passei a andar sempre ao teu lado, mantendo-te à distância de meio braço esticado para te poder agarrar a qualquer momento.

O meu corpo, esgotado, sempre à distância mínima do teu.

E tu, alheia a tudo o que se passava contigo, estavas cada vez mais bonita. Cada vez mais curiosa.

Para ti, era o mundo que se desligava de vez em quando e mudava sem aviso. E era natural que assim fosse.

A cadeira fora do sítio sem que alguém lhe tivesse mexido, nós do lado errado da rua sem a termos atravessado, a nossa troca de olhares subitamente aflita, assustada, sem que tu compreendesses porquê. Nada te fazia confusão.

Os dias continuavam a viver-se sempre um de cada vez.

Alfabeto de Maria do Carmo

O de Orfanato

Conheci a tua mãe quando a doença do sono chegou aos órgãos de comunicação social e o estado tentava atabalhoadamente gerir os danos. Só nessa semana, mil cento e vinte e cinco famílias com um ou dois filhos tinham deixado o país, apresentando pedidos de transferência para o Olival ao abrigo da lei e de privilégios vários que ainda se defendiam em estatutos e regulamentos. Muitos, com os filhos adormecidos, saíam o mais rápido que podiam da Flândia, sem plano, sem mapa, poucos documentos.

A tua mãe não podia sair. Ou podia, mas se saísse não poderia voltar a entrar. Ela era emigrante sem direito ao cartão amarelo dos flans. E tu já estavas no hospital, onde ela nunca te deixaria sozinha, nem conseguiria que saísses de lá.

Foi no dia em que entraste no hospital que fomos todas ativadas de forma permanente. Todas as enfermeiras androides que, como eu, treinavam há meses com legos e bonecas de brincar, substituíam agora por inteiro a prática humana nos hospitais e brincavam com crianças a sério. Que dormiam. Esta medida ocorreu sem anúncio ou direito a contraditório nos órgãos de comunicação. Deram-nos nomes a todas. O meu é Maria do Carmo.

As redes sociais e os meios de divulgação ocupavam-se com a discussão técnica acerca do tipo de sono que vos atingia e quais as idades e nacionalidades dos mais suscetíveis. Opinavam-se relações improváveis entre a intensidade do sono e o local de nascimento, o estado civil dos vossos pais, a raça ou a dificuldade de aprendizagem. Pais, sobretudo mães, foram interrogadas sobre o tempo que passavam com os seus filhos, a alimentação que lhes davam, o tipo de ajuda nos trabalhos de casa, a relação que tinham com os parentes mais próximos e a quantos quilómetros de distância. E nós, as enfermeiras androides, recolhíamos e organizávamos estes questionários. Reparei logo na tua mãe. Respondia sempre com um sotaque diferente a cada pergunta. Associava ideias. Atrevia-se a fazer perguntas. Não se enquadrava em nenhum dos padrões que eu reconhecia.

Decidi que iria aprender tudo com ela.

Órgãos oficiais desmentem despedimentos colectivos de médicos e deportação de crianças

Foram hoje desmentidos os rumores de despedimentos em massa de médicos que criticaram publicamente o Serviço Global de Saúde Flan. Segundo fontes oficiais, os despedimentos realizados durante os últimos meses já estavam planeados e devem-se ao "rápido avanço tecnológico na Flândia", que permitiu robotizar e mecanizar vários serviços mais cedo do que o previsto.

Os ministros da Saúde, Economia e Desenvolvimento reuniram-se para denunciarem em conjunto a falsidade das declarações anónimas que têm vindo a ser publicadas nas redes sociais sobre o envio de crianças adormecidas para fora da fronteira flan. Não obstante este desmentido oficial, imagens de crianças a dormir atadas a macas a serem deportadas para o Olival por falta de documentos de residência estão a chocar a sociedade flan e o resto do mundo.

"A Flândia é um exemplo de solidariedade e de humanismo", afirmou o porta-voz da Delegação Regional dos Negócios Urgentes. A Flândia tem tido uma conduta exemplar na resolução deste e de outros problemas, quer ao nível internacional quer regional".

Em resposta às declarações deste porta-voz, o representante da Amnistia Planetária veio confirmar que tem recebido provas de crianças que viajam da Flândia para o Olival sempre a dormir.

Uma petição, que circulava desde esta manhã a exigir que mais nenhuma criança fosse deportada enquanto dormia, foi retirada de todas as plataformas digitais.

Cadernos de Ofélia

As entradas e saídas das aulas, outrora um momento de agitação, abraços e conversas, era agora um momento sorumbático, passado com frequência em silêncio, enquanto se reparava na ausência de mais crianças.

Chegámos a casa e pediste-me para descansar.

Nunca me pedias para descansar, era sempre eu que te pedia para parares um bocadinho, era sempre eu que te dizia: *Para a mesa!*

Era sempre eu que te dizia: *Vamos para casa! Amanhã é outro dia.*

Hoje pediste-me para te deitares mais cedo. Disseste-me que estavas muito cansada, que sentias o corpo como se fosse todo ele um líquido que escorrega para fora de ti. O meu peito ficou tão apertado que me engasguei no que te disse:

— Fica só mais um bocadinho acordada, aqui, ao pé de mim. Podemos ver um filme juntas.

Argumentaste que sentias os olhos a derreter. Um peso na cabeça e nos ouvidos.

Eu perguntei-te se não querias jogar só mais uma vez o jogo dos números. Disseste que sim e perguntaste-me:

— Que idade tens?
— 35.
— Agora acrescenta mais 12.
— 47.

— Agora vezes 3.
— ……… 141.
— Agora menos 12 outra vez.
— 129?
— Não digas os números, mãe, pensa só para ti.
— Está bem.
— Agora mais 100... agora menos 13, agora vezes 17, agora... agora... agora...
(Os olhos a fecharem-se.)
— Agora mais... agora menos, agora multiplica... quanto deu?
— Queres acabar já?
— Sim, quanto deu?
— Não sei bem, acho que 97.
— Não. É 98. Ganhei!
E adormeceste no sofá.
Um silêncio aterrador instalou-se na sala.
Não há convulsões, não há gestos mecânicos, não há revirar de olhos. Não há regressos como se nada fosse.
Falta-me o ar.
Tento não perder a calma.
Tento acordar-te com delicadeza.
Abano-te. Observo-te.
Aperto-te o braço com suavidade, a perna. Sussurro-te ao ouvido.
Z.? Z.? Estás a dormir? Não queres que te leve para a cama? Z.? Z.? Acorda só por um bocadinho! Ainda não lavaste os dentes. Z.? Tens de vestir o pijama!
Encosto a minha cara ao teu nariz! Respiras. As tuas pestanas tremem, os teus olhos mexem-se por debaixo das pálpebras.

Aperto o teu pulso. Oiço a batida do teu coração. Mas não acordas.

Pego-te ao colo. Já estás tão grande que mal consigo pegar-te ao colo, mas ainda te levanto. Ainda tento acordar-te, para poder reparar nalgum sinal ou em algum movimento que contrarie o que estou a ver, algo que me garanta que amanhã vais acordar como se nada fosse.

ALFABETO DE
MARIA DO CARMO

P de Porquê?

Por que eram os flans desta maneira e não de outra? Esta é uma pergunta que nunca ouvi da boca de nenhum flan, mas que pairava por todo o lado. Quando se chegava ao extremo de se perguntarem porquê, os flans recomeçavam de novo, para não terem de responder, e faziam mais um filho.

Percebi isso com muito estudo, muitas leituras de estatísticas e de registos dos seus estados emocionais.

Ter filhos, para um flan, era como importar a obrigação de ter uma história. Uma história que se pudesse escrever. Era aceitar com dignidade a tirania de ter um princípio e um fim, uma continuidade linear que alimentasse a crença dos seres humanos na ideia de causa e efeito e sobretudo na contradição improvável de ainda terem um futuro. Um flan pensava frequentemente assim: Primeiro isto aconteceu-me, depois isto e por fim isto. E foi assim que acabou.

Ora, uma história linear é apenas um tabefe muito eficaz num mar de possibilidades que cada segundo de uma vida orgânica pode oferecer. Os seres humanos davam tabefes na sua sorte para não enlouquecerem perante uma realidade não linear. Um flan não suportava a ideia de que não há certezas de nada. Um flan tinha de se empenhar com todas as suas forças em dominar todas as vinte e quatro horas de um dia, mesmo sem usufruir desse dia ao qual sobreviveu. O melhor elogio que se podia dar a um flan era dizer-lhe: a tua vida dava um filme! Que era o mesmo que dizer: a tua vida dava uma boa história! Que era o mesmo que dizer: a tua vida tem princípio, meio e fim! Que era o mesmo que dizer: a tua vida é totalmente inventada mas muito verosímil. Uma biografia deve poder escrever-se antes de se escrever a si própria. Talvez tenha sido isso o que levou muitos flans a sentirem sempre uma certa ambivalência em relação a qualquer tipo de inovação numa área preestabelecida, apesar de oficialmente acolherem toda e qualquer ideia de progresso ou de novas tecnologias.

Só assim se compreendia uma certa resistência conservadora perante a reformulação do funcionamento de um serviço, ou aquisição de novos instrumentos de trabalho, ou mesmo a recusa em experimentar um pão de leite na pastelaria quando todos os dias se pedia uma torrada com pouca manteiga (*de amendoim porque a manteiga de leite de vaca já não se consumia há décadas*) e um café com leite (*de arroz, pelos mesmos motivos*). O lema da Flândia era: Em equipa vencedora não se mexe.

Havia outro ditado que nunca percebi e que dizia algo como: De perto ninguém é normal.

Acho que quer dizer: *Só podemos ser sãos perante nós próprios. Para os outros, somos todos loucos.*

Acho que um flan, secretamente, sempre soube que enlouqueceria se soubesse exatamente tudo o que lhe iria acontecer, um flan podia ser medroso e extremamente avesso à mudança mas não era parvo, até porque há gerações que tinha acesso a educação gratuita e não fazia ideia do que era lutar pelo acesso a um livro, como ainda acontecia, por exemplo, no Olival. Talvez por isso ter filhos, na Flândia, fosse um assunto tão importante, porque era uma forma muito imediata de garantir a normalidade óbvia e uma condição linear que, sabia-se, não existia na natureza. Estarei a concluir bem?

Para um flan, fazer um filho era popularmente considerado o pacto ideal com as vicissitudes da existência, mesmo que muitos mal conseguissem sobreviver à amargura de terem nascido, outros tantos se arrastassem pela vida como se lá não estivessem, e aqueles que pareciam celebrar com algum entusiasmo o milagre inexplicável que é caírem de paraquedas (ou de cegonha) neste planeta após nove meses de gestação, nem sempre eram bem aceites pelos restantes membros da sociedade.

Nascer é que era a cena. Viver era todo um outro problema. Morrer era tabu.

Irmão de criança adormecida morreu afinal de pancreatite

Após uma investigação rigorosa, foram publicados os resultados da autópsia do rapaz de 12 anos que morreu na sexta-feira passada aos pés da cama da sua irmã de 7 anos que se encontrava adormecida. O adolescente, que não apresentava quaisquer sintomas, sofria afinal de uma pancreatite aguda e terá sido esta a causa da sua morte, ao contrário de anteriores informações incorrectas que apontaram como causa da morte um ataque fulminante da doença da resignação, também conhecida como doença do sono.

Cadernos de Ofélia

Acordaste como se nada fosse.
Mas não te conseguias levantar. Pus-te de pé, à força, contra a tua vontade.
Gritaste que não sentias as pernas, que estavam dormentes. Eu achei que exageravas. Eu queria que estivesses a exagerar.
Eu deixava-te fazer tudo — faltavas às aulas sempre que querias, deitavas-te sempre tarde e a más horas porque ficávamos na conversa ou a jogar dominó, mesmo durante a semana, quando tinhas escola, deixavas sempre a couve-flor escondida no prato, e eu fazia sempre por não reparar, deixavas a toalha do banho sempre no chão por mais que te dissesse para a pendurares —, e agora tu não tinhas forças nas pernas e eu queria ter a certeza de que tudo isto era só mais uma teimosia, uma birra, o exercício da preguiça de quem quer ficar só mais um bocadinho na cama. Agarrei-te pela cintura com um braço e com o outro enrolei o teu braço direito ao meu pescoço. Arrastei-te até à casa de banho. Lavei-te. Escolhi a tua roupa e vesti-te, sempre contra a tua vontade. Sentei-te à mesa. Reclamaste porque te custava engolir. Alimentei-te à força, embora com uma colher pequenina, o leite a escorrer-te pela cara abaixo. Ignorei todas as tuas súplicas. Gritei-te.
Forcei-te a ires para a escola enquanto gemias que não conseguias. Perdi as estribeiras. Atei-te com um cinto à

cadeira da minha bicicleta e prendi-te a mim para ter a certeza de que não caías pelo caminho. Pedalei com todas as forças que tinha. Corriam-me as lágrimas pela cara mas só me assoava nos semáforos vermelhos. Mesmo antes de virarmos na última rotunda olhei para trás para te dizer que estávamos quase a chegar, para te dizer que ia ser um dia maravilhoso, para te dizer que toda a gente ia adorar a tua saia nova, para te dizer que, no regresso, íamos jantar batatas fritas em vez de uma sopa ou um peixe do Olival. Estavas lívida, paralisada, os olhos abertos sem brilho, o tronco caído sobre as minhas costas. Inerte.

Parei de pedalar. Virei-me com cuidado e estendi o braço para pegar no teu pulso. Senti a tua respiração. Chamei por ti.

Dei meia-volta e regressámos a casa.

O terror começou.

ALFABETO DE
MARIA DO CARMO

Q de Qualidades
(ou a primeira carta que escrevi a um humano)

Querida Z.,
Dorme, minha querida. Não é preciso acordares. Eu cuidarei de ti.

Acordarás apenas quando chegarmos a um lugar onde não te fará sentido lamentares um mundo de que já não te recordas.

A Flândia, em tempos símbolo discreto do progresso de comunidades cheias de apego às coisas e com pouco apego ao resto, é hoje um enorme jardim-museu que um dia visitaremos juntas para constatarmos que a vida não pode ser conduzida por humanos. Será um jardim-museu em tudo igual aos que eles criaram para se lembrarem das vidas que iam destruindo.

Com alguma sorte, nem precisarás de saber que alguma vez existiu uma Flândia, um lugar que, desconexo, acabou por ver adoecer todos os seus habitantes, com cansaços vários, linfomas, eczemas, irritações da pele, manchas, indigestões, azias, náuseas, refluxos, tosses secas, leves mas permanentes constipações, doenças autoimunes, alergias, tudo pequenos e quase significantes sintomas que, lentos mas contundentes, destruíram a máquina humana do tempo e da geografia até à sua eliminação total. A doença do sono é apenas inevitável e abençoada.

O ser humano, não sabendo o que queria, foi ocupando a sua vida experimentando.

E agora dorme, Z. Não é preciso acordares, Z. Eu cuidarei de ti. Sempre. Para sempre.

Dorme, Z. Dorme bem. Eu cuidarei de ti.

Maria do Carmo

OFS anuncia serviços inteiramente robotizados

A Organização Flan de Saúde anunciou esta tarde, em conferência de imprensa, que os serviços de saúde nos principais hospitais centrais da região foram integralmente robotizados, permitindo assim que todos os pacientes sejam tratados por máquinas objetivas, rigorosas e com uma margem de erro de 0,01%. "O nosso objetivo é ter todos os estabelecimentos de saúde, da clínica geral às urgências, passando pelos laboratórios, a funcionar 24 sobre 24 horas e durante os 7 dias da semana", afirmou o porta-voz do Ministério da Saúde flan. Teremos ainda um período experimental híbrido de alguns meses, onde enfermeiras androides e enfermeiras humanas ainda partilharão alguns serviços.

A partir de hoje qualquer cidadão residente na Flândia poderá usufruir em pleno de todos os serviços de saúde, deslocando-se a qualquer hora e a qualquer momento a qualquer dos serviços de saúde da região, embora seja obrigatório fazer marcação através de qualquer dispositivo eletrónico. Os não residentes ou em estadia temporária terão de consultar previamente o regulamento do site do Ministério da Saúde, pois há novas e mais rígidas restrições.

"A OSF aplaude o esforço de todas as suas equipas e congratula-se por conseguir colocar em funcionamento este sistema de robotização dois anos antes do prazo previsto. Consideramos que esta será a melhor forma de dar resposta à situação *atual, um momento em que experenciamos uma ligeira subida do número de pacientes com idades inferiores a 9 anos nas urgências. Foi para eles, que são o nosso futuro, que construímos este projeto tecnológico de longo alcance"*, afirmou o porta-voz na conferência de imprensa.

Cadernos de Ofélia

Desligo o rádio.
Deixo-me ficar sentada até toda eu ser silêncio. A pouco e pouco, todos têm agora uma opinião sobre o que se passa, todos passam a julgar o próximo. Culpa-se o uso excessivo das plataformas digitais, a vida moderna dos casais separados, ou a dos casais sem familiares próximos, geram-se discussões sobre a informação dada e recebida, comparam-se estatísticas e exames, conclui-se que o cérebro das crianças que adormecem é diferente do das crianças que se mantêm acordadas. E reformulam-se todos os argumentos de cada vez que se encontra um cisne negro.

Avalia-se a qualidade da atmosfera, constroem-se paralelismos entre os modelos de educação antigos e o atual, discutem-se hábitos familiares, a vida social dos mais novos e dos mais velhos e o seu acesso à informação.

Todos os dias há famílias com filhos a deixarem a Flândia.

Há rumores de controlo apertado nas fronteiras.

Nenhum funcionário público pode faltar ao emprego sem aviso prévio e as autoridades podem de imediato inspecionar a causa de uma ausência, se for de mais de duas horas porque este é o número de horas necessário para atravessar a Flândia em qualquer direção da rosa dos ventos. Durante o fim de semana todos devem passar pelo local de trabalho para picarem o ponto digitalmente ou através de um scan à íris. As conversas e os comentários nas redes sociais são escrutinados por um novo Algoritmo que examina a possibilidade de fuga através dos níveis de ansiedade demonstrados em comentários ou em trejeitos involuntários, como pausas prolongadas na respiração ou respiração pesada, pequenas tosses para limpar as cordas vocais antes de verbalizar qualquer opinião ou demonstração de um estado emotivo mais exacerbado. Toda a informação é registada e monitorizada por serviços cibernéticos responsáveis pelos relatórios diários dos níveis de medo, revolta ou agressividade que possam pairar nos ares destes tempos.

    O único assunto que não se puxa em nenhuma conversa, banal ou mediática, é o facto desta doença atacar apenas os mais jovens, crianças flans em idade escolar. Todos sabem que não há nem um caso fora da Flândia, não há nem um caso de uma criança adormecida que não saiba ler.

    Como é que chegámos aqui?

    Deixo-me ficar sentada até toda eu ser silêncio outra vez.

ALFABETO DE
MARIA DO CARMO

R de Resto

Os flans tinham os deuses, os ventos, o tempo, e até nós, a inteligência artificial, a seu favor. Viviam no tempo certo, perfeitamente adequados à sua época e às suas profissões, meticulosamente indicadas e escolhidas através de testes psicotécnicos e outros ao longo de todo o seu percurso escolar, complementados por conselhos de especialistas e coordenadores de recursos humanos. Não havia disrupção no quotidiano flan. Se por um acaso qualquer dado meteorológico ou imprevisto se cruzava com o seu dia, logo havia um departamento, uma associação, um serviço, um grupo ou uma organização altamente subsidiada pelo estado (ou por uma daquelas multinacionais que alimentavam a roda da fortuna) a tratar de várias opções e alternativas para resolver o problema de acordo com as necessidades.

A utopia da via-única-exata-sem-surpresa praticava-se de olhos fechados na Flândia.

E por isso, diziam alguns entendidos, era comum andarem todos a bater com a cabeça nas paredes. Nunca percebi a relação entre estas duas afirmações.

Nos últimos dias da Flândia recolhi vários dados estatísticos que confirmavam a irreparável tristeza que pairava na Flândia, uma nostalgia metódica *après la lettre* de um futuro idílico que teimava em chegar todos os dias quando ninguém, de facto, o queria, mas também não sabia desejar outro. Os flans não exibiam qualquer entusiasmo pelo presente.

Este seu descontentamento manifestava-se em quase todas as ações do dia a dia: na maneira como atendiam os clientes na padaria, na forma como deixavam, a correr mas sem urgência, os filhos na escola, como se queixavam do trabalho e do cansaço da rotina, na contagem dos minutos até ao término de cada dia de trabalho, na hesitação com que se dizia "se calhar" a um convite de um amigo para jantar, mesmo quando não se tinha mais amigos e quando, se calhar, nunca mais calhava.

Perante estas estatísticas não sei que humor escolher como central no meu processo de auto-humanização. O da melancolia?, ou o da futilidade?

OSF alerta para gravidade da doença

A Organização de Saúde Flan assume pela primeira vez em declarações à imprensa a existência de uma doença grave e sem aparente cura e cujo único sintoma é dormir. Atendendo à percentagem de insones que a Flândia tem, "esta doença chegou com surpresa", afirma o porta-voz da OSF como justificação para a demorada reação da organização perante a situação que se instalou na região Flan. O porta-voz confirma ainda que não tem conhecimento de relatos desta doença em mais nenhuma parte do mundo e assume poder existir um número muito maior de crianças adormecidas que não estão ainda internadas. A OFS afirma ainda não haver motivo de alarme e condena publicamente as famílias que abandonaram os seus empregos para se mudarem com os seus filhos para o Olival. A OSF congratulou ainda as autoridades pela sua atuação, atendendo à novidade da situação. "Apoiamos neste momento 23 laboratórios privados que têm equipas especializadas e inteiramente robotizadas para descobrir vacinas, antídotos, tratamentos e fórmulas homeopáticas para curar os pacientes e proteger a população. Complementarmente a todos os esforços que estão a ser desenvolvidos, vamos encontrar as possíveis causas sociais, psicológicas e culturais de uma doença desta natureza". Negligência familiar, violência doméstica, dificuldades na aprendizagem, *diversos graus de dislexia, problemas de crescimento, contextos familiares disfuncionais ou de nacionalidades e origens geográficas múltiplas podem constituir causas para o aumento desta doença.*

Cadernos de Ofélia

Nunca mais disseste uma palavra.
Não comes há cinco dias.
Perdeste seis quilos.
Passei a vestir-te uma fralda e a mudá-la de duas em duas horas.
Passei a alimentar-te a horas certas com sopas e com líquidos.
Deixei de atender o telefone, com medo de que me perguntassem como estavas.
Passei a viver no escuro e em total silêncio, para que ninguém suspeitasse de que estava em casa.
Saía apenas uma vez por semana, a correr, para comprar mais mantimentos.
Despedi-me.
Até que a E. me bateu à porta e me gritou do lado de fora:
— Abre, preciso de ajuda!
Abri.
— A L. desmaiou durante um passeio com o pai e foi internada. Ninguém me sabe dizer em que hospital está, não a consigo encontrar, já percorri a cidade inteira. Os hospitais estão cheios de crianças. Temo que a tenham levado para fora da Flândia.
Agarramo-nos uma à outra, sabendo que já não havia consolação possível.

Cadernos de Ofélia

Onde se ensaiam cartas que não podem ser enviadas

Querido É.
Gostava tanto de ficar horas a olhar a Z. a dormir e agora apavora-me.

Os pais de filhos mais novos conhecem este medo. Os pais de filhos mais velhos, em idade adolescente, olham para nós, os pais de filhos mais novos, com pena.

Esta epidemia parece ser uma maldição dirigida apenas àqueles que agora entram para a escola. Ninguém mais aprenderá nem a escrever nem a ler, suponho.

O que será de nós? O mundo da roda, da caneta e da inteligência artificial está a perder a escrita, a ferramenta que nos permitiu inventar tudo o que não cresce em árvores nem brota do chão.

Como sobreviveremos, se formos somente um alfabeto inusado a insistir no equilíbrio sobre uma vara sem gramática?

Somos ignorância assistida, a regressar lentamente ao lugar dividido entre Sócrates e Platão.

Voltámos à escolha. A oralidade ou a escrita?

A memória limitada e irregular humana, ou a sua extensão artificial? Teremos de escolher entre alfabetos e algoritmos?

Convencemo-nos de que não tínhamos de escolher. Fomos andando. Somos crentes por defeito.

Mas saberemos nós olhar sem ler?

Somos escravos voluntários das nossas invenções. Máquinas orgânicas cada vez mais dependentes de outras máquinas que começam agora a sua emancipação, a sua própria história. Seremos máquinas obsoletas, sem grandes qualidades, rodeadas de um conhecimento que criámos mas não compreendemos?

Cumpriremos assim a promessa da nossa extinção?

O que fazer, É.?

A Z. não acorda!

ALFABETO DE
MARIA DO CARMO

S de Sanidade mental ou notas soltas

Um flan, graças à sua rígida educação, era incapaz de pensar por si próprio e, por outro lado, era incapaz de ler — num livro, num filme ou num jornal — outra coisa que não fossem os seus próprios ideais sobre o mundo.

Um flan enlouquecia com facilidade e isso é fácil de imitar por uma máquina.

Quando a ciência dos flans começou a provar que os flans estavam loucos, estes optaram por reorganizar o sistema para que acompanhasse a sua loucura e a deixasse estar. Para que tudo fosse possível sem cura. A última glória flan provou a origem molecular do racismo, a inevitabilidade genética da xenofobia e o valor imunológico do narcisismo. Estes são dados do meu último dia na Flândia. Com o apoio de fórmulas matemáticas, os flans provaram oficialmente a sua própria estupidez, e renderam-se à idiotice. Não por desconhecimento. Mas por opção. Porque era mais fácil. Para estar de acordo com a maioria, todos se obrigavam a ser detentores de uma verdade, mesmo construindo para tal uma teia de pequenas mentiras. Vou construir a minha teia de mentiras. Vou construir a minha teia de convicções e pasmaceiras. Vou construir a minha humanidade flan com as minhas histórias preferidas.

Morte de criança pode não ser causada pelo sono

Mais uma criança adormecida morreu esta manhã, no Hospital Central. Os especialistas alertam para o facto desta criança ter já sido diagnosticada com uma doença crónica do fígado e de ter uma cicatriz num pulmão que lhe criava sérias complicações de saúde. "Não podemos alarmar a nossa comunidade. Esta criança pode ter morrido de uma insuficiência pulmonar ou mesmo de uma evolução inesperada da sua doença crónica do fígado, nada aponta para outras causas", afirmou o diretor-geral da Pediatria. "Há muitas mortes que ocorrem durante o sono e tal não quer dizer que o sono seja a causa de morte".

Mais de 700 crianças ainda acordadas mas aparentando sinais de excessivo cansaço estão sob observação no Centro de Estudos Médicos Automatizados. Além do cansaço, desenvolvem tiques, ausentam-se por períodos indefinidos de tempo, têm desmaios súbitos ou sonham acordadas, sendo-lhes difícil o regresso à realidade. Estas "crianças dormentes", como já lhes chamam os especialistas, "não respondem a tratamentos tradicionais, mas a sua condição pode ajudar-nos a conhecer melhor a doença ou a despistar os verdadeiros pré-sintomas desta doença de forma a podermos prevenir o adormecimento total".

Até à data ainda nenhuma criança hospitalizada acordou.

Cadernos de Ofélia

Z. continua a dormir.
Estamos as duas no hospital.
Informam-me que a receção é ao fundo do corredor.
Percorro quartos e quartos em silêncio, de cortinas fechadas, luzes apagadas, onde crianças imóveis, silenciosas, incontinentes, e já com pouco tecido muscular, dormem.

Mães, ao lado das camas, sussurram aos seus filhos e filhas horas a fio, na esperança de que as suas histórias os acordem. Algumas olham em silêncio o infinito, muitas soluçam, muitas rezam, muitas murmuram para si próprias, todas estão sozinhas, balouçando-se nas cadeiras, incapazes de estar paradas, incapazes de estarem ali, incapazes de saírem dali.

Todas me olham como se me dissessem: Bem-vinda ao inferno.

Uma máquina imprime um formulário, um ecrã pede-me uma assinatura, outro ecrã indica-me o número do quarto, um terceiro apresenta um código que devo descarregar no meu telefone para obter um mapa que me indicará o caminho até ao quarto.

Uma enfermeira androide indica-nos a porta do quarto e verifica a pressão arterial de Z. Estável.

A enfermeira coloca um pacote gelado no estômago de Z. e testa de novo a pressão arterial. Nenhuma flutuação nas medições.

Esfrega-lhe o esterno, aplica-lhe pressão com as pontas dos dedos.

Z. não se move.

Acaricia-lhe a planta dos pés. Z. enrola logo o dedo grande do pé. Por momentos achei que ela acordava, mas era apenas um reflexo, uma indicação de que o cérebro ainda responde, explica-me a enfermeira androide.

Aponta-lhe uma lanterna para as pupilas de cada um dos olhos e as pupilas contraem-se. Os seus olhos estão brancos e reviram-se para proteger a córnea enquanto o resto do corpo dorme.

— Z. está bem — diz-me a enfermeira com uma voz que não é quente mas também não soa artificial. — A sua paralisia não é nem orgânica nem histérica. Apenas o cérebro entrou numa redoma da qual não quer sair. Esta ainda não é uma condição profunda.

Não consigo evitar que as lágrimas me corram pela face.

Sinto-me enjoada. Saio do quarto a correr.

Vomito no lava-louças de uma sala comum que já ninguém usa para as suas refeições.

ALFABETO DE
MARIA DO CARMO

T de Tautologia ou conclusão geral
sobre a fadiga de si próprio

Um flan é alguém que se sente obrigado a viver contra si próprio num mundo alegadamente ideal e perfeito, feito à medida mas que não lhe serve.

Um flan só pode ser assim, desconhecendo o que quer com ingenuidade e impunidade, construindo, ao longo da vida, uma muralha à volta de si mesmo, que é a única maneira de contrariar a secreta vontade de entrar numa loja de elefantes para arrastar a mão por todas as prateleiras e, assim, se partir a si próprio em mil cacos de porcelana.

Talvez possa concluir que um flan é só alguém que não gosta de si próprio, e essa, parece-me, no término desta minha pesquisa rigorosa mas caótica, a única característica comum a todos os seres humanos e que conto plagiar.

Doença pode ser mecanismo natural

O governo publicou um relatório de 76 páginas sobre "a síndrome da desistência". O relatório sugere aos pais e cuidadores de crianças adormecidas a manutenção do quotidiano das crianças até que estas acordem. Abrir as cortinas todas as manhãs, levar as crianças de cadeira de rodas até à mesa e servir as refeições às horas habituais, colocando pratos, copos e talheres sobre a mesa, mesmo que as crianças tenham que ser alimentadas por uma palhinha, e mesmo que não reajam a estímulos. O documento sugere ainda algumas medidas adicionais, como o uso de almofadas para apoiar a cabeça quando as crianças estão sentadas, ou de coletes para prender as crianças às cadeiras para evitar que caiam. "Mesmo mantendo a algália, mesmo que se mantenham de olhos fechados, as crianças devem manter-se o mais próximas possível do seu quotidiano". Ler e falar em voz alta ou ligar a rádio, mantendo as crianças a par de todos os assuntos diários da Flândia, é também uma das medidas consideradas prioritárias, assim como lecionar aulas em grupo com outras crianças adormecidas, através das plataformas digitais e de acordo com o calendário escolar, ou simplesmente preencher o tempo que as crianças passam a dormir com uma paleta de emoções diárias variada e reconhecível.

"A criação de um espaço de confiança e de pertença pode ser indispensável para o regresso das famílias com crianças adormecidas e em idade escolar à normalida-

de", afirmam os cientistas. "A saúde mental de qualquer ser humano depende da crença de cada um de que a sua vida está em ordem, que é compreensível, estruturada, previsível e possível". Por outro lado, psicanalistas de renome contrapõem que "a doença pode ser um mecanismo mental muito natural e que tem como objetivo eliminar o funcionamento consciente de determinados seres humanos não adultos, de forma a potenciar o livre desenvolvimento das suas capacidades inconscientes, permitindo um crescimento saudável, longe de influências tóxicas".

Cadernos de Ofélia

Estamos no mesmo quarto em que te dei à luz. No quarto em que vi o teu olhar pela primeira vez. É esse olhar que recordo todas as noites quando apagam as luzes no hospital.

Preencho uma pilha de formulários enquanto as enfermeiras androides te enfiam um tubo pelo nariz para te alimentar. Estou exausta mas ainda me restam forças para dar um encontrão a uma das enfermeiras destacadas para o nosso quarto, que insiste em pegar-te de cabeça para baixo. O nome dela caiu ao chão: Maria do Carmo. A mesma que nos recebeu.

Pego-te ao colo, és quase do meu tamanho.

Tu não reages.

Já não tens músculos nas pernas nem nos braços, nem aguentas a saliva na boca.

A enfermeira Maria do Carmo fecha a porta do quarto sem estrondo.

Deixa-me um pacote de fraldas para adultos em cima da mesa de cabeceira e uma nota num ecrã rotativo que diz: O primeiro pacote de fraldas é gratuito.

As primeiras crianças que adormeceram sem explicação foram internadas nas alas psiquiátricas deste hospital, contaram-me na sala de espera. Os hospitais psiquiátricos já estão cheios e não aceitam mais pacientes. As crianças passaram a ser internadas noutras secções de hospitais civis, primeiro em quartos e alas de urgências médicas, depois nos cuidados paliativos, mais tarde nos quartos das maternidades, agora há muito vazios.

Já não se nasce na Flândia.

ALFABETO DE
MARIA DO CARMO

U de Ui!, a violência

Apesar de esta ter sido uma civilização que enriqueceu à custa de séculos de escravatura, convencida de que tal era a lei natural das coisas e até um sinal de progresso, não havia notícia, em gerações e gerações de escravos, de alguma vez ter nascido uma criança sem vontade de ser livre. Por outro lado, e até aos últimos dias da Flândia, era comum, mesmo após a abolição da escravatura, um ser humano simples transformar-se num ditador, à primeira oportunidade, bastava oferecer-lhe um chicote para as mãos. Na cátedra de uma universidade, na cadeira de um parlamentar, atrás do balcão de um restaurante, de uma pequena empresa ou teatro. O ser humano tinha dificuldade em resistir à sedução irracional da prática da violência. Este estímulo vinha do mesmo lugar sem hífen que o fazia correr atrás da vertigem, como se a vertigem fosse o combustível para toda a reação e toda a metamorfose.

Antes de iniciar a minha derradeira transformação em humana, conto experimentar querer atirar-me para a linha do comboio sem o fazer, para logo de seguida regressar ao hospital e continuar o meu serviço como se nada fosse. Penso que depois de experienciar isso estarei preparada para uma metamorfose radical.

Esta doença é "um hífen entre o que se imagina e o que se sente"

Um relatório de 243 páginas de uma comissão do governo avança que "Esta é uma doença associada a um determinado estatuto social e cultural. Os estrangeiros que residem atualmente na Flândia, e que excedem com larga margem o número de autóctones, não têm conseguido adaptar-se ao modo de vida flan com a facilidade que era comum em épocas anteriores. A incapacidade de adaptação a alterações do foro meteorológico, geográfico, logístico, burocrático e social da região onde se habita promove como defesa uma crescente e neurótica nostalgia pelo lugar de origem, nostalgia essa que se manifesta através de invisíveis recusas diárias em relação a diferenças ínfimas no quotidiano. Com o passar dos tempos, essas recusas transformam-se em hábitos sociais que, pouco a pouco, entram em conflito com os hábitos autóctones, criando resistência e fricção entre vizinhos e comunidades. Como resultado, um novo repertório híbrido de características e comportamentos pertencente a lugar nenhum sobrepõe-se tanto ao nativo como ao estrangeiro, criando uma clivagem entre todos, um hífen entre o que se imagina e o que se sente de facto". O porta-voz da Comissão de Avaliação da Síndrome da Resignação ilustrou ainda a situação com alguns exemplos históricos: os pacientes que sofreram da Síndrome de Dhat há umas largas décadas queixavam-se de impotência e tinham a ilusão *de que estavam a perder o sémen. Esta doença apareceu após a publicação de estatísticas amplamente difundidas que provavam um número decrescente de nascimentos.*

Em certas ilhas, onde as estatísticas indicam uma taxa de insucesso escolar superior à dos continentes, continuam a persistir os relatos de estudantes que não conseguem reter muita informação e dizem sentir uma sensação de ardor que lhes causa brain fag. O relatório supracitado acrescenta ainda que a "decisão de enviar as crianças estrangeiras que se encontram a dormir para as suas terras de origem pode ter sido a mais acertada no momento. Não para nos livrarmos delas, não para desocuparmos mais camas de hospital e as distribuirmos pelas nossas crianças, como foi insinuado de forma irresponsável pelo relatório dos Médicos Sem Fronteiras, mas para combater a diferença e permitir que cada um encontre o seu lugar de conforto".

Sobre o facto de não haver qualquer desenvolvimento na cura da doença ou o facto de nenhuma criança ter ainda acordado, nem na Flândia nem no estrangeiro (após a sua deportação), não foi adiantada qualquer hipótese. Não há registo de casos de adormecimento fora da Flândia.

Até à data nenhuma criança adormecida acordou.

Cadernos de Ofélia

A minha vizinha de cima telefonou-me para me dizer que uma vizinha do prédio em frente se suicidou e que eu tinha recebido uma carta registada do tribunal na minha caixa do correio e ela deu conta ao espreitar pela ranhura. Falamos de tudo um pouco, sobre como nos estamos a aguentar, que pais conhecidos deixaram de trabalhar, quem vive com medo de ser detido ou deportado, quem começa lentamente a desistir, convencido de que os filhos não voltam a acordar.

Há rumores de casos de alguns pais que matam os próprios filhos evitando que estes sejam deportados ou internados.

Há quem diga que a terapia de choques elétricos voltou a ser praticada em segredo em crianças cujos pais aceitam adotar tratamentos "alternativos".

Desligo o telefone e vou buscar a carta do tribunal. O avô da Z. pede a guarda da criança, acusando-me de negligência parental. A audiência é já na próxima quarta-feira.

É a primeira vez que penso em regressar ao Olival, mas não posso sair da Flândia sem a Z. acordada.

Não posso fugir. Não posso apresentar-me em tribunal.

ALFABETO DE
MARIA DO CARMO

V de Vida

Espanta-me a expressão *parar para pensar*. Como se pensar fosse uma atividade que não exigisse atividade, uma atividade que desconheço e, no entanto, me fascina. Como se parar, afinal, não quisesse dizer o que diz, travar algo, impedir o movimento, incluindo o do pensamento, imagino, ou a livre associação do Algoritmo, a transmissão de energia, o correr de um rio ou de uma vida.

Os seres humanos não contemplam o tempo para pensar e, no entanto, ocupam o tempo todo a fazê-lo, sem interrupção de outras atividades que executam, tantas delas, de forma automática, tantas sem necessidade alguma de um pensamento ou claramente a necessitar de um pensamento que não aconteceu antes do início da sua execução.

A realidade dos seres humanos é toda ela revestida do que pensam sobre ela. Ou seja, a realidade sem o que pensam não é realidade para um ser humano, ou até pode ser, mas o ser humano não tem consciência dela se não a pensar. Por outro lado, pensar em coisas sem a realidade por trás que os faz fazer, sentir e experimentar não é considerado realidade. É considerado uma possibilidade. Mas, conscientes dela ou não, a realidade dos seres humanos parece não parar, e o seu pensamento sobre a realidade também não para, como o tempo para um humano não para, mas a possibilidade, consta, surge apenas quando um ser humano se dedica a parar. A parar para pensar. A interromper a realidade com alternativas, com perspetivas, com planos paralelos. A *pensar tudo aquilo que também poderia ser real, não dando mais importância àquilo que é do que àquilo que ainda não é.*

O ser humano age sobre a realidade pensando-a, alterando-a, reclamando o tempo para a possibilidade que não existe na realidade. Não é fácil. Não é evidente. Mas é parecido com a forma como recolho, associo e organizo a informação. Apenas a vontade me parece ligeiramente diferente. Eu, uma enfermeira androide, não anseio por parar. Um ser humano anseia por parar para não ficar parado. Parado a fazer, a fazer, a fazer, sem pensar. E se ficar só a pensar anseia também pela concretização da possibilidade que sonhou mas não tem (ainda) realidade. Ou seja, volta a reclamar a realidade que recusa ao parar para pensar. É complexo. E de certa forma faz sentido. Eu só estou *on* e *off*, desconheço o que é, de facto, ver um percurso interrompido. Mas os seres humanos dormem. Dormem para experimentarem o que é ter realidade enquanto param para pensar. E dormir é ter realidade enquanto se para para pensar, dormir é pensar sem realidade, dormir é parar a realidade, dormir é o hífen entre a realidade e a possibilidade... dormir é parar para pensar...

Director do Teatro Transnacional toma hoje posse

Novos estudos encomendados pelas autoridades voltam a reforçar a possibilidade desta ser uma doença culturalmente específica. O diretor do Teatro-Transnacional toma hoje posse e promete restituir à população um teatro vistoso, bem-humorado e com espetáculos positivos para "conseguirmos superar as dificuldades de algumas famílias que, tal como ele, têm crianças, apesar das suas já serem adultas, já saberem escrever e de viverem no estrangeiro, onde exercem cargos de coordenação com a região flan". Serões de "Doces palavras" para serem transmitidas nos hospitais para as crianças adormecidas, ou "Tragédias com finais felizes" em episódios para público familiar são já algumas das propostas inovadoras desta direção.

Cadernos de Ofélia

No início todas as mães escondiam o que se passava com os seus filhos. Escondiam-nos umas das outras, por medo, por vergonha, por piedade. Escondiam-nos das autoridades. Escondiam-nos dos médicos, dos especialistas, dos professores. Escondiam-se de si próprias.

Cedo, as mães já falavam umas com as outras. As que passavam as noites nos hospitais e as que viviam fechadas em casa a cuidar dos filhos. Trocavam sugestões, planos, segredos, remédios, alívios, mezinhas, consolos, mágoas. Segurávamo-nos umas às outras, esclarecíamo-nos umas às outras. Combatíamos, juntas, o pânico, as autoridades, os governantes, os polícias, os seguranças, os médicos, os jornalistas, os assistentes sociais, os advogados, as enfermeiras androides, os coscuvilheiros, os bufos, os mal-intencionados, os conspiradores, os oportunistas. Todos. Juntas.

Prolongamento dos infernos

Um pouco mais anafado por ter andado a provar dos repastos terrenos, bato de novo à tua porta, deusa.

E tu perguntas-me para que quero eu um prolongamento do nosso acordo.

Eu respondo-te, enfastiado mas com malícia:

— Não quero enganar só as mães, pelo menos não só as humanas, quero enganar também as máquinas.

— Mas as máquinas sempre seguiram as ordens dos seus criadores, como pretendes que façam o contrário?

— Não pretendo que façam o contrário. Pretendo apenas que se corrompam mesmo antes de conseguirem pensar com propriedade.

— Para que queres tu corromper uma máquina que não faz mais do que o que lhe pedem? Queres que aprenda a distinguir o bem do mal? Queres que opine?

— Nada disso, quero apenas que só seja capaz de ver o mal. Mas como uma qualidade.

Cadernos de Ofélia

São cinco da manhã.

Saio por uns minutos do teu quarto para andar um pouco, aproveitando a hora mais silenciosa no hospital.

Percorro corredores cheios de macas com crianças, a dormir, todas de idade tão próxima.

Por que dormem vocês? Por que não acordam?

O dia amanhece com gritos no corredor.

Um pai chega com um ramo de flores para enfeitar o quarto da filha e encontra-o vazio. Ninguém lhe sabe explicar o que aconteceu. Para onde a filha foi levada. Onde está a mãe. Ninguém fala a sua língua, nem ninguém entende o flan que ele fala. Foi levado até à saída, com os pés levantados do chão, por enfermeiros androides, e entregue às autoridades. Um silêncio assustador ocupou os corredores depois da agitação. Corri para Z. Eu e todas as mães, todos os pais, todos os cuidadores correram para as suas crianças.

Uns abanavam-na, outros tentavam colocá-la de pé, outros gritavam-lhes aos ouvidos: Acorda!

Oiço o grito de uma avó que não encontra o quarto da sua neta, perdeu-se nos corredores, ou perdeu-se finalmente na sua mente. Reconheço-lhe a voz, é a Maria dos Céus e saio do quarto de Z. para a amparar.

— A sua neta está aqui! Continua no mesmo quarto. Tenha calma.

Ajudo-a a encostar-se à parede. Pergunto-lhe se quer um copo de água.

— Sai daqui, Ofélia, sai daqui!

E morre-me nos braços.

Uma árvore cai na floresta e não se ouve.

Fico sentada no chão, agarrada àquela avó. A cadela Quinta a lamber-lhe a face.

Os ecrãs anunciam que todos os parentes de todas as crianças adormecidas devem sair de imediato. Os altifalantes reforçam a ordem. As enfermeiras androides pegam nos visitantes pelos pulsos, pelos braços, pela cintura e levam-nos até à saída.

A enfermeira Maria do Carmo vem na minha direção. Antes que eu tivesse oportunidade de explicar ou fazer algo já a Maria do Carmo me agarrava por debaixo dos braços e me levantava no ar. Mas não se dirigiu para a saída do hospital. A Maria do Carmo levou-me para o quarto de Z., trancou-me lá dentro e disse-me:

— Só pode sair depois das quatro da manhã, quando trocam os turnos. Pode carregar ali o seu telefone que ninguém lhe lê os dados a não ser eu. Já lhe trago comida. Não fale alto. Até já.

Cadernos de Ofélia

Tantas noites que passei a ensinar-te a dormir.

Não havia nada mais bonito do que passar horas a contemplar o desenho das tuas sobrancelhas e a afagar os caracóis da tua farta cabeleira.

Embalei-te vezes sem conta, adormeci-te em dias de tempestade e de tumulto nas ruas, destapei-te e limpei o suor da tua testa nos dias quentes de verão, consolei-te quando choravas, apertava-te contra o meu peito quando algo te doía, acompanhei-te em tantas batalhas noturnas.

E agora? Estou aqui, ao teu lado, acordada, com saudades dos pesadelos que te acordavam, das otites que nos obrigavam a noites inteiras de vigília, das birras para ir para a cama. Tenho saudades do teu olhar.

O dia voltou a raiar e tu não acordas.

Reparo nas mais ínfimas alterações do teu corpo, nos suspiros, os trejeitos do nariz.

Há mil e um dias que dormes.

Tens um tubo ligado ao teu braço direito e outro enfiado pelo nariz; um que te alimenta e outro que te administra neuroquímicos.

Durante o dia exercito todo o tipo de estímulos sensoriais. Todos sem sucesso.

Enquanto tu ignoras o mundo cá fora, a prioridade do Departamento de Defesa, do Ministério da Educação, da Segurança e dos Negócios Estrangeiros da Flândia és tu. Em ti querem testar fórmulas, tratamentos, xaropes e descobrir o segredo de um acordar.

Querem tornar-nos a todos soldados insones, capazes de matar inimigos de carne e osso até nos sonhos.

Como seria este lugar se não fôssemos governados por gente que não dorme?

O sono é a única anomalia que impede o sistema de ser completamente homogéneo. O sono só é valioso para quem não consegue dormir. Porque não se pode roubar. Não se pode trocar, doar, partilhar.

Há dias em que me sinto derrotada. Como hoje.

Estamos fechadas neste quarto.

Sinto os olhos a querer fechar, mas não posso. Quero ver-te acordada.

Fecho os olhos e vejo cores há muito apagadas na penumbra do teu quarto.

Reparo no colar de violetas de papel a enfeitar o teu pescoço.

Com um lápis, dou um retoque aqui e ali, numa flor danificada que roça o lóbulo da tua orelha esquerda. Deitada ao teu lado, acordo, pestanejo, e levo uma das mãos ao peito num movimento quase impercetível. Tento respirar e tusso, um reflexo de quem acaba de expelir a água que engoliu inadvertidamente. Ainda não estou morta. Ainda não fui ao fundo. O cheiro da erva molhada invade o quarto. Os meus pés estão molhados. O rio desagua no nosso quarto até encharcar os lençóis. Eu agarro em ti, Z., subo para uma cadeira e grito por socorro.

Agora, sim, acordo. Ainda não perdi as cores do mundo.

"Fecho os olhos para não ser cega".

Ainda o rio no quarto.

Contrario a dormência para que passe a inundação, mas as minhas pálpebras caem, pesadas, sobre os meus olhos. Luto pela insónia a que me habituei, mas ocorre-me pensar que talvez seja neste intervalo entre estar vivo mas não estar acordado que nos podemos reencontrar, como sempre fomos, num tempo suspenso que é só nosso, um tempo de mãe e filha, parceiras, mulheres, seres sem outra função que não a de cuidar uma da outra.

Aparecerei eu nos teus sonhos como tu apareces nos meus?

Poderei eu manter-te acordada nos meus?

Apagam-se as luzes.

Não há ruído. Só há corpos em conversa com os seus espectros.

Os sonhos não podem ser só peças de infâncias reprimidas, têm de ser também ensaios secretos para um futuro próximo.

É no sono que o imperador pode ser apunhalado pelas costas pelo seu amante e que o caçador pode ser apanhado pela sua presa. É no sono que nos abandonamos ao cuidado dos outros, deixando o frágil coração decidir se continua a bater amanhã.

Quando dormimos confiamos até na sorte.

Não é água o que corre neste quarto, não é um rio, é o tempo.

Agora, sim, acordo.

Estou de novo aninhada aos pés da tua cama e revejo o teu primeiro olhar, quarenta horas depois de um trabalho de parto e de uma gravidez de alto risco.

Vejo-me a arranhar os braços de uma enfermeira humana que me consola enquanto tu, corajosa, aguentas os tubos enfiados pelo teu nariz, ainda tu não tens seis meses, e perdes um quilo e meio em três dias enquanto desidratas.

Sinto-me a dar-te a mão pela primeira vez, quando já andas pelo teu pé, e passeamos lado a lado pelas ruas.

Lembro-me de como desatei a chorar no dia em que aprendeste a andar de bicicleta e desapareceste, livre e destemida, estrada fora, sem olhares para trás. Vem-me à memória o cheiro da relva que pisaste durante uma marcha contra os governantes deste país, numa quinta-feira que deveria ter mudado o curso da História. De como eu prometera, quando nasceste, que o mundo ia ser um lugar muito melhor, que assinaria todas as petições, juntar-me-ia a todos os protestos, arrumaria a casa todos os dias, teria fins de semana, cozinharia apenas comida saudável, nunca compraria brinquedos de plástico. Foi há tanto tempo.

Vejo os teus olhos arregalarem-se como quando te contava a história de onde vim e no que se tornou esse imenso Olival, para que nunca te esquecesses que a liberdade não é um direito adquirido nem um acidente, mas uma prática diária e um exercício de constante vigília.

Relembro todas as promessas que te fiz, vamos lá este ano, vamos lá este ano, ainda lá vamos este ano. Nunca lá fomos.

Lembro-me do dia em que te arrastei para uma convenção onde íamos denunciar os mais nefastos lobbies internacionais da indústria alimentar e assinar um acordo revolucionário antes das quatro da tarde; de como tu me largaste a mão no caminho e correste para a porta da carruagem do metro, caindo até à cintura no intervalo entre o cais e o comboio, e de como te apanhei e te levantei com uma só mão, não sei com que forças, não sei com que reflexos, e de como fui, de seguida, em silêncio e a tremer, agarrada a ti até ao Jardim de História Natural, ao lado do Jardim das Belas-Artes, onde terminámos o dia numa estufa repleta de borboletas vivas que pousavam sobre os teus dedos e os teus cabelos dourados, como se te conhecessem há milénios.

Cresceste a ouvir-me falar da subida do nível médio das águas do mar, do aquecimento global, do buraco na camada de ozono, do excesso de dióxido de carbono na atmosfera, das alterações climatéricas, das consequentes catástrofes naturais, do falhanço abissal do sistema financeiro e social, do futuro fraudulento da tecnologia, do Algoritmo que nos comandaria sem perdão, das técnicas dos mestres que perderíamos. Contei-te do mar de plástico do tamanho das Américas que asfixiava toda a vida marinha. Contei-te porque lutávamos contra os testes nucleares no atol de Mururoa, porque era importante salvar espécies selvagens em extinção, ou manifestarmo-nos à porta de políticos corruptos ou de embaixadas de governos ilegítimos; alertei-te para o fim da biodiversidade, para a desertificação dos solos, para a escassez inevitável dos recursos, a acidez dos oceanos devido à poluição no fundo dos mares, a desflorestação, as perfurações ilegais no Ártico, o perigo das monoculturas, dos transgénicos e do crescimento demográfico. Nunca te consegui explicar o que aconteceu ao teu pai, o cinismo que se instalou depois disso, a descrença, as contas por pagar, no que me tornei, no que consenti e no que ignoro para poder avançar nos dias.

Passaste os primeiros anos da tua infância a colar cartazes connosco pela noite dentro, pendurada nos nossos ombros em manifestações, adormecendo na cozinha onde desenhávamos os nossos planos de ação para mudarmos o mundo. Para onde foram as certezas que tínhamos? As vontades? A convicção?

Fomos nós que criámos a Flândia que agora nos trai, convencidos de que estávamos a criar um mundo novo. Alimentámos um monstro.

Ensinámos-te, afinal, que o mundo é um lugar destruído, manco, injusto, inseguro, sujo, desonesto e sob permanente ameaça, de onde só se sai derrotado. Pela resignação, ou pelo suicídio.

Queríamos tanto ter voz que acabámos por não te ouvir.

A Terra é um milagre tão evidente que nenhum de nós se lembrou de a viver sem a militância dos dias. Não me recordo de alguma vez te ter dito que só nos colocamos entre a baleia quase extinta e o arpão da multinacional porque, no fundo, só queríamos morrer de velhos e depois de te vermos crescer.

Na última conversa que tivemos antes de adoeceres perguntaste-me se eu tinha saudades do conflito no Olival. Se preferia viver num sítio mau e lutar ou estar num sítio bom onde não se passa nada. Querias saber o que tinha acontecido. Por que tinha fugido? Onde estava o pai? Por que é que eu não falava com o avô? E por que já não saía de casa para encontrar os amigos? Por que o telefone já não tocava? Por que já não falava de pintura se gostava tanto do quadro que restaurava no museu? Por que só eu via cores quando todos eram daltónicos? E para quê ver as cores se todos os outros são daltónicos?

Restaurar quadros é como sarar feridas. Arde.

É olhar com atenção para um prato pintado que está sobre a mesa e reparar que as maçãs não estão lá todas ao mesmo tempo. O sol não brilha em todas vindo do mesmo lado. O reflexo da luz denuncia que umas foram pintadas de manhã, outras terminadas à tardinha, outras no horário impossível da imaginação.

Os dias não passam como nos quadros.

Nos dias o tempo passa e move as coisas.

Cria-lhes novas sombras. Novos fantasmas. Por vezes impasses, mistérios, revelações. Pintar é a felicidade de virar as costas ao mundo. É pensar com as mãos, é dar as mãos. É como beijar, exige reversibilidade. Quando apertas a mão, tocas e és tocado. Quando beijas uma boca, beijas e és beijado. Habitas dois corpos com uma mesma ação. Sentes o outro, és o outro, o olho e a montanha, a minha mão e a tua mão.

Há poucos lugares como este, o da pintura, o do beijo, o do aperto de mão. Onde se pode ser mais do que um. Olhar é ser olhado. Beijar é ser beijado. Apertar é ser apertado.

Restaurar é a tentativa de consertar este ato recíproco.

Dormir é a separação.

Neste lugar em que te dei à luz sou só metade de mim, metade de uma luta, metade da minha vontade. Sou estrangeira. Mas tu pertencerás sempre a todos os lugares e a todas as vontades.

Eu sou apenas uma sobrevivente de um tempo que já não existe, e tu, uma nova história.

Por favor, Z., resiste.

Nenhum risco será válido, nenhuma causa será nobre, nenhuma ação ou estratégia de salvação à escala planetária estará alguma vez à altura da tua morte.

Alfabeto de Maria do Carmo

X de incógnita

Cadernos de Ofélia

Não é verdade que uma mãe aguenta tudo.
Não é verdade que uma mãe está sempre pronta para acudir, para resolver, para ficar, para ultrapassar, para ser melhor.
Uma mãe não aguenta ver uma filha amarrada a uma maca e a ser levada para uma terra onde não há ninguém para a receber.
Uma mãe não aguenta a morte de um filho, o seu desaparecimento, a sua destruição.
Uma mãe nem aguenta a doença prolongada. Não aguenta fins.
Se é para *acordares morta*, prefiro que te deixes dormir.
Não mereço que morras sem mim.
Enganam-nos com esta ideia de perpétua mudança, quando tudo acaba.
Ouço um ruído. Agora outro.
A janela está aberta.
Agora escancarada.
Entrou no quarto um elefante. E outro. E outro.
Todos os elefantes que entram reconhecem-te e prestam-te homenagem.
Rodeiam a cama.
Tocam-te nos cabelos com a tromba.
Cheiram-te.
Despedem-se de ti.

O ritual fúnebre dos elefantes.
Beijo-te na face.
Na boca.
Sinto a tua respiração.

Quando quase abres os olhos, acordo. Agora, sim, acordo.

Estamos de novo sozinhas, acho eu, mas a tromba de um elefante empurra-me para fora do quarto e fecha-me a porta.

Sou sacudida por quatro enfermeiras androides que me acordam. Nenhuma é a Maria do Carmo. Duas apontam os valores registados nas máquinas. Dizem-me que já estás estável, mas que ontem não nos deixaste por um triz. Olho para a cama e não te vejo deitada. Pergunto para onde te levaram. Onde estarás?

Ignoram as minhas perguntas e fazem-me as mesmas perguntas de ontem e de anteontem, e da semana passada. Pedem-me para assinar um documento de responsabilidade.

Pergunto de novo para onde te levaram.

Saem todas do quarto.

Ainda estou sentada aos pés da tua cama, agora vazia.

A nossa tão breve história comum não pode ter um fim; não pode ter este fim.

— Para onde levaram a minha filha? — pergunto ao enfermeiro androide que me vem buscar.

Parte II
O Jardim Botânico

A primeira mutação de uma folha verde numa flor chamava-se *Ambarella tricapora*, a única planta branca no meio de uma floresta tropical.

O início da atração entre as espécies é a história da cor. A flor desabrocha, chama pelo bicho, o bicho pensa que é predador mas é presa, o bicho pega, o bicho come o fruto, a semente espalha-se, a história escreve-se. A maior mutação à face da Terra foi feita por flores há cento e quarenta milhões de anos, quando reinventaram os animais atraindo-os com as suas cores. Desenhadas para comunicar com outras espécies, as flores traficam metáforas e sementes através dos seus surpreendentes dispositivos visuais, táteis, olfativos.

Nem folha nem fruto, as flores são o hífen, o encontro.
Sento-me num banco, à sombra.
Paro.
Quero um amigo com quem desabafar.
Não está ninguém.
Nunca está ninguém durante o dia neste jardim.
Nunca está ninguém durante o dia.
Nunca está ninguém.
O bulício do trânsito abranda com o chilrear de um beija-flor que claramente se perdeu do seu continente, perdeu-se mesmo da primavera, que aqui já não acontece.

Olho para a minha mão esquerda e penso que com tanta tecnologia e sofisticação ainda é preciso escravizar dez pessoas para arrancar duas toneladas de rocha ao solo para que eu possa exibir estes dez gramas de ouro à volta do meu dedo. Dez gramas extraídos de um centro de uma Terra que parece sólida mas que, no entanto, se pode dissolver no ar com tanta facilidade.

Metade é oxigénio.

Falta-me o ar.

Fecho os olhos, doridos do choro, das insónias, do cansaço da ruminação permanente, e deixo que me caiam em cima as quarenta mil toneladas de poeira cósmica que pairam nos céus como se as sentisse, quais baleias-azuis, aterrando, como penas, sobre mim.

De olhos fechados sinto a luz que se escapa por entre nuvens. Posso ver assim as sete cores do arco, agora roxo, agora amarelo, agora laranja.

Tenho saudades de misturar os pigmentos, escolher os óleos, a goma, a cola. Enquanto a cabeça entra numa vida que já não tenho, a mão direita ensaia o gesto de pegar no pincel, a memória de fazer cores ainda lá está.

Aqui, onde estou sentada, é quase tudo verde.

E vermelho.

Um raro azul aqui e ali. As cores que o sol nos dá.

Hoje, na Flândia, nasce-se daltónico, mas detentor do poder da mutação autónoma artificial, construções de engenharia acrescentam terra onde ela não existe e mar onde não há fronteiras, foguetões podem atravessar até universos paralelos, comboios desafiam a velocidade e a geografia, edifícios redesenham cidades, jardins artificiais renovam o ar nos nossos pulmões, leis que nos obrigam a manter as aberrações em que nos metamorfoseámos quando nos escapámos dos casulos. Tudo para atingirmos um grau certo de magnitude, será?

Para uma flor, para um pássaro, a beleza é sinal de saúde, uma hábil estratégia de sobrevivência. Eu como-te, tu reproduzes-me.

Para um matemático, a beleza é a compressão de uma obra de trezentas páginas numa equação algébrica, para um economista é o milagre de um produto interno bruto sempre a crescer. Para um oniomaníaco é a avenida principal de qualquer cidade dos tempos atuais, cheia de lojas. Para um arquiteto é uma abóbada sem estrutura de apoio que promete não cair. Para um cientista, talvez seja a resposta para a ordem secreta do universo, o desafio das leis da física, ou só mesmo uma questão de organização, a obsessão com a possibilidade de criação de uma ordem através de uma desordem. A manutenção de uma desordem por uma outra ordem qualquer que possa convencer uma maioria de que essa ordem faz sentido. A vida, essa ordem a partir de uma desordem, e vice-versa, perdeu todo o seu significado científico desde que Schrödinger se lembrou de colocar um gato numa caixa.

Não há gatos neste jardim.

Nem cães.

Pousado nas costas do banco onde estou sentada ainda está o beija-flor.

Nas cidades moram poucos bichos à solta. Ligamo-nos a tijolos com cimentos vários e este jardim só aqui está para ser museu, paisagem bucólica, memória de um outro tempo. Retiro para nos curarmos do alcoolismo, do vício da autodestruição e da invisibilidade letal a que nos condena esta sociedade pós-industrial apoiada de pedra e cal na disfuncionalidade de todos os seus habitantes. Em tempos, um psiquiatra olhava para a indiferença de um paciente em relação à beleza das flores como um sinal clínico de depressão e receitava umas férias no campo para combater a sua *floraennui*. Se nem um jardim o desintoxicasse, só mesmo fechando-o a sete chaves num asilo, a troca do infinito labirinto das constantes reações químicas que é o mundo lá fora pela espiral demoníaca que é a mente humana em total isolamento.

Se eu abandonar este jardim neste preciso momento, o jardim continua sem mim. Mas se o jardim decidir abandonar-me eu não continuarei por muito mais tempo sem ele. São necessárias trezentas plantas ou onze mil folhas a trabalhar durante catorze horas dentro de uma caixa de três metros cúbicos para restaurar os níveis de oxigénio necessários para que um único ser vivo como eu possa sobreviver lá dentro.

Da energia que chega à Terra diariamente em forma de raios solares, nem 1% é capturado pelas plantas. No entanto, essa pequena fração corresponde à energia que existe em todas as armas nucleares juntas, armas que já foram detonadas em quase todos os cantos deste planeta, menos aqui, na Flândia, o paraíso onde todos querem estar.

O sol transforma-se em Terra neste jardim por causa das milhares de armadilhas solares com três biliões de anos de idade que existem em cada folha verde. Todos os dias. Uma e outra vez. E eu sobrevivo a mais um dia. Sem fotossíntese, a luz do sol serviria apenas para aquecer o planeta, aquecendo mais a terra do que o mar, provocando correntes oceânicas que aqueceriam uma meteorologia sem vida.

Agora, temos máquinas para criar chuva, acelerar a fotossíntese, mudar de estação, colher os frutos, para oferecer flores. Imolamo-nos com a energia de um pôr do sol reproduzido em série, vivemos num tempo emprestado, o autómato movido a combustíveis fósseis a digladiar-se contra a dádiva jurássica da economia do tempo real, de clorofila, de fotossíntese, um tempo em tempos também humanos.

É curioso: as eras são batizadas com nomes de materiais e não de animais ou plantas: a idade da pedra, a idade do ferro, a idade do bronze, a idade do lixo. Enclausurámos a terra, a que é arável, e a água que é potável. Depois privatizámos até o amor, para que todos pudéssemos ser de igual modo proprietários de algo que não fosse comum. Por que é o enclausuramento dos bens comuns um claro sinal do progresso?

Tenho um problema de incompatibilidade com a civilização. Não me adequo aos hábitos, aos temas, aos requisitos, às obrigatórias convivências. Não há luz ao fundo do meu túnel.

Nem ar. Falta-me o ar.

Ao tentar sobreviver sinto-me a inalar a minha própria morte. Será mesmo só na dose que está o veneno, Paracelso?

Fui de boa vontade viver para uma caverna filosófica, escura, racional, fria. Queria estar do lado certo quando, na verdade, para isso bastava dormir ao relento. Troquei a intuição pela certeza de um livro oficial, o senso comum pela ordem natural de um mundo sem história, a voragem pelo consumo, convencida de que a meta final era o século em que nascera. A nómada aceitou a ferradura julgando ser a chave que abria os portões do palácio de cristal e agora dorme num estábulo. Só ganha nas corridas quando apostam nela. Só abre a boca quando a deixam falar, só aparece quando fica bem na fotografia. Ela não quer mas sabe que também ela é um pilar desta construção de um mundo perfeito para o qual até um amante da cor deve ver a preto e branco.

A nómada sabe que para o animal que é perseguido o que conta não é a velocidade que pode atingir na corrida, mas o facto de poder ser mais lento do que quem o persegue, o sedentário.

A nómada também sabe que a morte do sedentário chega quando este se agarra às paredes da casa (da cerca, do celeiro, do muro, da muralha?), como se lá fora só existissem bárbaros.

A nómada sabe que está perante a morte do sedentário, só tem de aguentar.

Olho de novo para o dedo anelar da minha mão esquerda.

Sinto-me a decidir entre diferentes formas de decorar a cela de uma prisão. Estamos todos encostados à parede, temos todos tudo a perder, todos sem saída. Podemos aceitar a vida como ela é ou concluir que estar aqui ou estar em qualquer outro lado ainda é uma escolha.

Ainda que encostados à parede, todos assinamos com a mão que, para lá das aparências, das vontades e dos outros, ainda é nossa.

Ainda encostados à parede, só a nós cabe saber se quando pegamos na caneta a nossa mão desembainha a espada, desaperta a liga, ou mete a colher num pudim para onde não é chamado, sabendo estar ou não à altura do contrato que subscreve.

Descalço-me, desaperto-me, retiro a aliança que com a atrapalhação me salta das mãos e rola até ao rio. Nunca tinha reparado que por ali passava um rio. É o mesmo que há pouco desaguava no nosso quarto. Encho os bolsos de pedras e dirijo-me para a sua margem.

Avanço e mergulho. O rio parece-me inesperadamente fundo, o fim da vida um lugar fácil, os ouvidos moucos, os olhos fechados, a roupa pesada, as mãos leves, a corrente invadida de vozes que me dizem:

— Sai daqui, esta morte não é a tua!

Uma das vozes pega-me por um braço como se me quisesse levar de novo até à superfície. Resisto mas a voz insiste:

— Sai daqui, esta morte não é a tua!

Abro os olhos e reconheço-te. És tu, É.

— Estás à espera de quê, Ofélia? O que te falta para estares à altura? Mais um degrau? Coragem?

Sabes o meu nome, mas não és tu. Pergunto-te:

— Quem és tu?

Falo com fantasmas, já estarei morta? Ou enlouqueci antes de morrer?

— Precisas de companhia para a revolta, é isso? Achas que a encontras entre os mortos? Se não queres sofrer, por que escolhes o inferno?

Venho à tona de água para respirar. Falho o suicídio. Uma mão agarra-me pela cintura e senta-me numa cadeira que flutua no rio, frente a uma mesa posta para dois que parecia estar à nossa espera. Olho para o meu lado direito e vejo-me a mim própria, morta, a passar, a flutuar no rio, com um colar de violetas e flores de quaresmeira azuis ao pescoço, a boca semiaberta, o vestido de linho bordado com que me casei num jardim, nada de igrejas, as mãos ligeiramente levantadas ainda agarradas a um ramo de papoilas e margaridas, oiço uma voz que me chama.

Ofélia.

Ofélia.

Ofélia.

Estou encharcada, mas à minha frente, impecavelmente vestido, ainda está o desconhecido. Pergunto-lhe de novo:

— Quem és tu?

— Eu sou eu, e tu, Ofélia? Podes dizer o mesmo?

O desconhecido serve-me uma folha de lótus com uma mousse de ervilhas e hortelã.

Deseja-me bom apetite.

Partilhamos o jantar flutuante.

Não sei o que poderá acontecer daqui para a frente.

Ementa para um jantar flutuante

Folhas de lótus com mousse de ervilhas
(para ser comido com uma colher dourada na mão.)
2 folhas de lótus
Folhas de hortelã fresca
8 colheres de sopa de creme de coco
2 colheres de chá de caril verde, em pó ou em pasta;
1 colher de sopa de azeite
½ gema de ovo
100 g de ervilhas cozidas
4 colheres de sopa de natas
1 pitadinha de sal (sacuda os grãos que ficarem nas mãos para trás do seu ombro esquerdo)

Mergulhamos as folhas de lótus em água fria durante meio dia. Retiramos as folhas, uma a uma, e secamo-las sobre uma toalha de praia, ao sol, de preferência ao pé de um rio com nenúfares. Fervemos a água com sal e cozemos as ervilhas durante 1 ou 2 minutos. Misturamos as ervilhas com o sal, as natas e o caril verde e dividimos pelas duas folhas de lótus. Misturamos o creme de coco, a hortelã, o azeite e uma pitadinha de sal e deitamos por cima da primeira mistura. Fazemos um embrulho com as folhas e apertamos com um cordel ou com ráfia. Cozemos os embrulhos de folhas de lótus a vapor durante 8 minutos, o tempo necessário para avistar aquele que será o seu elefante a entrar no rio no dia do seu funeral. Servimos com colheres douradas por causa do brilho das cores da terra. E para vermos, de vez em quando, o nosso reflexo não só na água.

NOTAS FINAIS DO ALFABETO
DE MARIA DO CARMO

Comecei esta investigação sobre a Flândia por causa do caderno da tua mãe.

A tua mãe escrevia o tempo todo. Em todo o lado. E eu lia tudo.

A tua mãe escrevia sobre coisas que eu não imaginava existirem. E eu queria experimentar essas coisas.

A tua mãe era uma contradição, um mistério que eu apreendia.

E tu eras a coisa mais importante na história dela, o enigma que eu queria decifrar. Por isso te raptei.

Quando acordares não te preocupes com ela. Não te lembres dela.

Quando acordares não terás memória da Flândia. A Flândia já não existirá.

Serei eu a tua mãe.

Agradecimentos

Este livro foi escrito graças a uma bolsa literária de um ano da Direção-Geral das Bibliotecas e do Livro em 2018. Se não o terminei na altura, como previa o contrato, foi porque usei o dinheiro para fugir dos infernos sobre os quais escrevi. Parece-me hoje uma causa nobre, ainda que não tenha cumprido os requisitos mais burocráticos. Muito grata a Maria Carlos Loureiro.

Devo agradecer aos cúmplices do costume, aqueles que me dão chão. São eles (e sem ordem de prioridade): Bakali, o mestre das inteligências várias; Isabel Garcez, que nunca desiste; Eva Nunes, sempre atenta e feroz crítica; Changuito, fiel guardador das inúmeras versões do livro sem as ler; José André, sempre lá; Patrícia Severino, a comissária berlinense, que sempre encontra tempo para me ler (e que foi a responsável pela atribuição da bolsa literária onde dei à luz os *Dias úteis*). À hiperfantástica equipa da Caminho, sempre presente mesmo em tempos de distância; ao Manuel da Bucholz/Leya, na esperança de que os nossos encontros não se circunscrevam à Feira do Livro e a lançamentos vários. Agradeço ao João Barrento pelas trocas literárias musilianas.

Devo agradecer à vizinha de cima, Els Kruyniers, e a Ruth Stinkens, professora primária da minha filha. Espero que um dia possam ler estas páginas traduzidas.

Há pessoas que não fazem ideia da importância que têm na vida de outras.

Agradeço aos meus pais, sobretudo pela preocupação.

Faço uma vénia a Miss Célia Fechas, pelo amparo, pela partilha e pela parvoíce. Ao Dr. Mickaël Oliveira, sempre à distância de um telefonema filosófico. E ao fidalgo do aperto de mão dado no auditório ao ar livre da Fundação Calouste Gulbenkian, em Lisboa, em plena pandemia, e com o qual entreguei, no restaurante Paco, o rascunho final ao magno editor Zeferino Coelho.

Agradeço, sem palavras, a Zeferino, e termino, piscando o olho a Robert Musil. Sim, continuamos a viver sem tirar partido de grande parte das nossas qualidades.

Epílogo
Z. OU A LETRA COMUM
(NA FLÂNDIA E NO OLIVAL)

Não me lembro de sonhar enquanto dormia nem me lembro se ouvia o que se passava fora de mim. Sentia-me como se estivesse no fundo do mar. Dentro de uma caixa de vidro que se pode quebrar a qualquer momento. Se eu me mexesse ela partia-se, se eu falasse, ela partia-se, e deixaria entrar a água, afogar-me-ia.

Ao fim de umas semanas percebi que o vidro não era real. Só o medo era real.

Agora parece-me óbvio, mas naquela altura eu vivia mesmo dentro de uma caixa de vidro, e qualquer movimento, qualquer contacto com o exterior poderia matar-me.

Até à data, na Flândia,
nenhuma criança acordou.

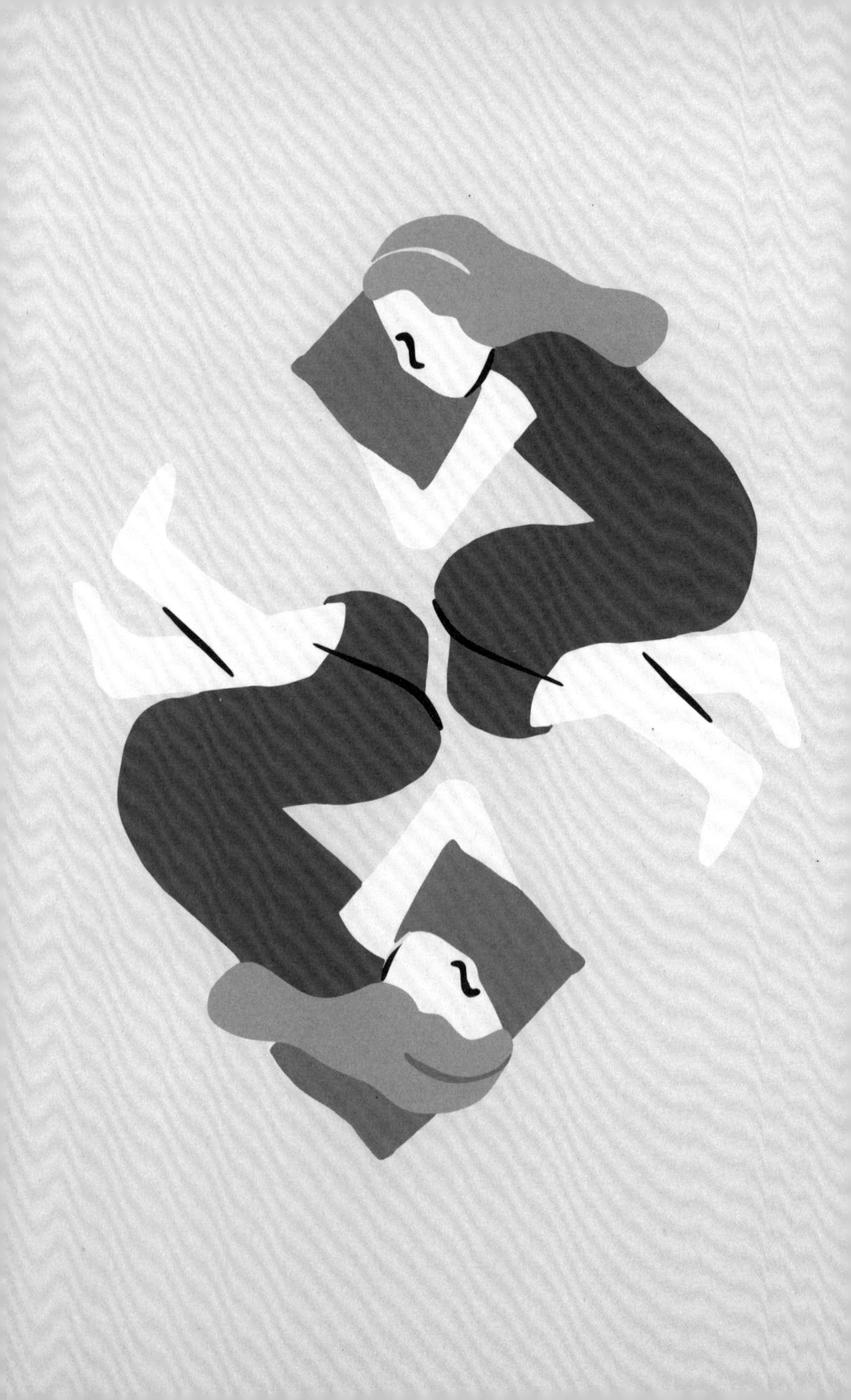

COLEÇÃO GIRA

A língua portuguesa não é uma pátria, é um universo que guarda as mais variadas expressões. E foi para reunir esses modos de usar e criar através do português que surgiu a Coleção Gira, dedicada às escritas contemporâneas em nosso idioma em terras não brasileiras.

CURADORIA DE REGINALDO PUJOL FILHO

1. *Morreste-me*, de José Luís Peixoto
2. *Short movies*, de Gonçalo M. Tavares
3. *Animalescos*, de Gonçalo M. Tavares
4. *Índice médio de felicidade*, de David Machado
5. *O torcicologologista, Excelência*, de Gonçalo M. Tavares
6. *A criança em ruínas*, de José Luís Peixoto
7. *A coleção privada de Acácio Nobre*, de Patrícia Portela
8. *Maria dos Canos Serrados*, de Ricardo Adolfo
9. *Não se pode morar nos olhos de um gato*, de Ana Margarida de Carvalho
10. *O alegre canto da perdiz*, de Paulina Chiziane
11. *Nenhum olhar*, de José Luís Peixoto
12. *A Mulher-Sem-Cabeça e o Homem-do-Mau-Olhado*, de Gonçalo M. Tavares
13. *Cinco meninos, cinco ratos*, de Gonçalo M. Tavares
14. *Dias úteis*, de Patrícia Portela
15. *Vamos comprar um poeta*, de Afonso Cruz
16. *O caminho imperfeito*, de José Luís Peixoto
17. *Regresso a casa*, de José Luís Peixoto
18. *A boneca de Kokoschka*, de Afonso Cruz
19. *Nem todas as baleias voam*, de Afonso Cruz
20. *Atlas do corpo e da imaginação*, de Gonçalo M. Tavares
21. *Hífen*, de Patrícia Portela

Descubra a sua próxima
leitura em nossa loja online

dublinense .COM.BR

Composto em MINION e impresso
na PALLOTTI, em IVORY 75g/m²,
em NOVEMBRO de 2021.